ATÉ ONDE
O AMOR ALCANÇA

JÚLIO HERMANN

ATÉ ONDE O AMOR ALCANÇA

Diretor editorial PEDRO ALMEIDA
Preparação LUIZA DEL MONACO
Revisão BARBARA PARENTE
Ilustrações de capa NADIA GRAPES, TIWAT K | SHUTTERSTOCK
Imagens internas EDUARD GUREVICH, MICHELE PACCIONE, STRIKE PATTERN, PIMCHAWEE, MAKAR, JULYMILKS, MINIWIDE, JESADAPHORN, DANUSSA, FILINDESIGN, AZAMAT FISUN, DIVINE STUDIOS, GOODSTUDIO, SILOTO, LEKLERIO, PICS4SALE, RUDALL30, BULIA, ET. AL. | SHUTTERSTOCK
Capa e projeto gráfico OSMANE GARCIA FILHO

Dados Internacionais de Catalogação na Publicação (CIP)
Angélica Ilacqua CRB-8/7057

Hermann Hermann, Julio
Até onde o amor alcança / Julio Hermann. – São Paulo : Faro Editorial, 2019.
176 p.

ISBN 978-85-9581-062-4

1. Literatura brasileira 2. Contos brasileiros 3. Poesia brasileira I. Título

19-0004 CDD B869

Índice para catálogo sistemático:
1. Literatura brasileira B869

1ª edição brasileira: 2019
Direitos de edição em língua portuguesa, para o Brasil, adquiridos por FARO EDITORIAL

Avenida Andrômeda, 885 - Sala 310
Alphaville — Barueri — SP — Brasil
CEP: 06473-000
www.faroeditorial.com.br

Me perguntaram se eu preferiria morrer a viver na miséria.

Precisei pensar um pouco.

O amor me deixou miserável tantas vezes.
E todas as vezes que isso aconteceu,
valeu a pena.

Prefiro viver, eu respondi.
As misérias não duram para sempre.

REDESCOBRIR-SE

(ED SHEERAN – TENERIFE SEA)

Para ser sincero, a única coisa que eu queria é que as pessoas entendessem que o que acontece aqui dentro não é tão diferente do que se passa do lado de fora.

Eles me olham como se eu fosse de outro planeta. A inquietação que faz minhas pernas tremerem e o modo como baixo a cabeça não parecem dizer nada sobre aquilo que sou. Se eles já não entendem o que digo, imagina aquilo que deixo de dizer. Mas tudo bem, deixa pra lá.

Não é a primeira, nem a segunda vez, que passo por um momento de reflexão exatamente igual a esse. E também sei que não será o último. O problema é que a ferida dói um pouco mais quando me dou conta de tudo isso. O mundo gira mais devagar. O chão abaixo dos meus pés parece romper-se em crateras, ainda que, na verdade, esteja intacto. O que meus olhos buscam de imediato é um local seguro para me esconder, dela e do mundo.

Baixa o rosto, cara, agora. Corra!

Estou seguro. Finalmente.

A agonia se repete toda vez que alguém vem em minha direção. Mas isso não é culpa da pessoa que vem ao meu encontro. Na maioria das vezes, eu nem ao menos faço ideia de qual é o nome dela. É puro instinto, penso comigo. Eu não sei se sou o único ou você também sente essa mesma pontada chata cutucando dentro da cabeça. Não é medo do mundo, longe disso. É só receio de ser absurdamente menor do que eu já me sinto hoje. Olho em volta e percebo que meu olhar não alcança muito do mundo que dizem existir por aí.

Eu já não tenho idade para deixar de dormir por conta de uma sensação estranha que, durante a madrugada, me diz que alguma entidade de outra dimensão sairá de debaixo da cama para puxar meus pés; mas algo tem me inquietado. Eu era mais maduro um tempo atrás, tenho certeza disso. Mas, depois de tanta gente que passou pela minha vida prometendo ficar e acabou indo embora, eu só consigo voltar os meus olhos para dentro de mim. Um passo de cada vez, por mais que o intervalo entre um passo e outro possa demorar alguns dias.

Eu duvido que eu seja o único, duvido mesmo. E o pior é que o mesmo instinto de proteção se manifesta no metrô, nas praças onde vou correr aos fins de tarde, na universidade que eu frequento somente para cumprir a carga horária do curso, e no trabalho, no qual evito falar mais do que o necessário com o ser humano que senta na mesa ao lado.

Me disseram que, em algum momento, conseguirei seguir em frente e começarei a acordar para as pessoas outra vez. Mas tem demorado, viu? Nenhuma dessas pessoas é ela e tudo o que passa pela minha cabeça são os sábados em que íamos dormir mais tarde para ficarmos conversando ao telefone durante a madrugada. A real é que ainda existe, em mim, a espera de uma presença.

Eu tenho me vestido mal nos últimos dias, o que explica o fato de me olharem estranho e não perceberem que eu não sou um alguém que destoa tanto de todo mundo por aí. "Você anda diferente", minha mãe disse no último almoço de família, "evita inclusive parar em casa". Evito parar em qualquer lugar, por mais que tenha estagnado minha própria vida.

Uma hora isso muda.

Uma hora eu volto para casa e encontro alguém para me acompanhar no caminho.

Uma hora.

Me parece que o mais difícil
no processo de esquecer alguém
talvez seja lembrar-se de si.

♪ (BRYAN ADAMS – HEAVEN)

Coloca em caixas o que deve ser deixado para depois e deixe o que será de serventia agora ao alcance dos olhos. É assim que eu tenho organizado a minha própria vida. Nos dias em que a insegurança bate com uma força absurda no meu peito, eu me preocupo demais com o que os outros têm observado em mim. Parece que as partes negativas batem fisicamente no meu corpo, sabe? Hoje não. Desta vez, pelo menos desta vez, é hora de cuidar de cada um dos detalhes que têm preenchido minha cabeça.

Não existem caixas nem objetos palpáveis que possam ser colocados dentro, mas a memória funciona mais ou menos assim. Não funciona? O segredo está em tirar o foco de tudo aquilo que machuca e não nos empurra para a frente. Tem ajudado no meu caso. Ao agir assim, tenho visitado cada vez menos o passado para vasculhar o que consigo recuperar e arrastar comigo outra vez.

Há alguns anos, uma música dizia que não se coloca o coração e a vida de alguém na estante; mas, quando fazemos isso com a gente mesmo, como funciona para voltar atrás? Os tempos de escuridão funcionam exatamente deste modo quando olho para dentro do meu eu. Me coloco em uma cena de filme em que a mente sai do corpo para observar tudo de longe. Tento me convencer de que, assim, o coração aperta menos. Assim, eu não sinto as contrações.

Ainda me sinto perdido. Uns dias mais coração à flor da pele, outros nem aí para nada. Você não me pediu desculpas nem se preocupou com o que eu ia sentir quando me disse que eu havia arruinado a sua vida, mas tudo bem. Eu li e perdoei. Eu sempre perdoo.

Não faz sentido, para mim ou para você, que eu guarde qualquer sentimento ruim de tudo. Então, tchau e bênção.

Tchau? Não sei a quem eu ando tentando enganar com uma despedida fajuta que não despeja sentimento nenhum das tripas que deram nó aqui dentro. "Tripas não sentem", você diria. Sentem, sim. Quando o sentimento é muito maior que a carga emocional que já carregamos, o corpo inteiro sente. Seja para o bem ou para o mal.

Fita adesiva sobre o papelão e nada vai embora. Permanecerá por um tempo estocado no meu armário, atrás do amontoado de cobertores para o inverno. Um dia, quando a ruína for menos recente, eu revisito as memórias. Por enquanto, é melhor assim.

Eu percebo que os outros têm me achado estranho. Me olham torto, tentam mostrar piedade. Me acham recluso do mundo. Nada contra, não me entenda mal, mas o argumento deles tem a ver com o modo com que eu tenho me escondido do mundo depois de você.

Tudo bem.

Eu já sei exatamente o que precisa ficar estocado e o que vai me ajudar a caminhar a partir de agora.

♪ (COLDPLAY – FIX YOU)

Apenas algumas semanas atrás, eu era diferente do que sou hoje. Clichê, né? Mas, aplicada a mim, essa sentença não tem nada a ver com a história de o mesmo homem não entrar em um rio duas vezes. Tampouco, com a possibilidade de eu ignorar o fato de que somos mutações constantes, nunca o mesmo alguém.

Nós mudamos de comportamento todos os dias. Em alguns, nos estressamos e, depois, entendemos que não vale a pena esquentar a cabeça com o que não move nosso mundo. Mas mudar a essência? Digo, mudar o modo como enxergamos e queremos bem as coisas à nossa volta? Com isso é um pouco mais doloroso se conformar.

Agora, consigo perceber um resquício a mais de maturidade em mim. Uma das coisas mais dolorosas do mundo foi perceber que ela não era quem demonstrava ser. No entanto, foi ainda mais doloroso me dar conta de que eu também não tinha muito da personalidade que deixava escorrer de mim mesmo. Não faz sentido, porque ao mesmo tempo em que isso caía feito ficha na minha mente, começou a habitar no meu corpo um desejo enorme de tê-la aqui comigo. Por que assim? Por quê?

Um dos meus maiores erros foi acreditar que cada uma de nossas fossas havia sido responsabilidade minha. "Você não precisa carregar alguém consigo se isso não faz bem para você", me alertaram aos montes enquanto eu falava dela em mesas de bares. Mas vá você tentar enfiar uma verdade dessas na cabeça oca de quem só enxerga um sorriso apaixonado quando se olha no espelho. É impossível, cara.

Ela atravessou o oceano rumo à Europa e eu fiquei aqui, olhando para cada uma das fotos que ela me mandava, e sorrindo. Acho que esse foi um dos nossos momentos mais puros, não foi? Ela de um lado, eu do outro. Alguma coisa precisava estar errada no fato de darmos certo justamente assim. Ela aproveitando as férias e eu imerso na sensação de vê-la feliz de verdade sem precisar de nada mais. Nada?

O que eu aprendi depois de um tempo é que não adianta nada apedrejar o outro depois do fim. Eles erraram, sim, mas provavelmente não mais do que a gente. Reconhecer isso é o primeiro passo para entender que o outro não deixa de ser incrível por isso. Só é preciso tentar não repetir os mesmos erros burros de novo e de novo.

O que eu sei hoje é que um homem não entra duas vezes no mesmo amor. Afinal de contas, nenhum dos dois permanece o mesmo depois que as rodas do avião colidem com o chão manchado do aeroporto outra vez.

Ah, ela já voltou ao Brasil.

Depois que você se foi,
eu criei uma nova personalidade
para dar conta dos dois estágios do meu próprio eu.

Um cara olhando para a frente.
Um outro cara tentando puxar a corda e voltar no tempo,
sem medo de vê-la arrebentar-se ao meio ao encontrar você.

♪ (JAMES ARTHUR – SAY YOU WON'T LET GO)

Pare. Eu sei que você não vê problema nenhum em se manter aqui, fazendo parte de algo que já passou e insiste em ficar na memória, mas pare. Decida se vai ou se fica. Decida por mim. Eu não sei ainda qual dos dois caminhos eu tomo para a minha vida.

Depois que você se foi, a minha vida permaneceu pulando de galho em galho nessa dualidade. Num dia textos mais longos, noutro mais curtos. Comecei quase dez livros diferentes desde que resolvemos nos despedir, em uma madrugada de quinta para sexta. Era a sétima vez que isso acontecia em menos de dois anos, mas dessa vez parecia definitivo, não parecia? Ainda parece.

Daquele momento em diante, você se tornou uma lembrança diferente. Quando a gente resolveu romper, um pedaço seu ficou grudado em mim, do lado de cá. Parte de mim também já não está aqui. Mas todo mundo leva e deixa um pouco, não deixa? Você deixou mais do que deveria.

Eu moldo os meus dias pensando nisso. Não troco a foto de perfil do meu *WhatsApp* por não saber o tamanho do efeito que ela pode ter aí. Evito cada pequeno detalhe que possa mexer uma migalha dentro de você, com medo de colocá-la em dúvida outra vez. E não faço a menor ideia se isso é normal. Mas, ao mesmo tempo em que não sei como consegui esquecer você tão rápido, tento dar um jeito de voltar, mesmo que as crises de saudade estejam menos frequentes nos últimos dias.

Um dos livros que comecei a ler diz que, quando nos preocupamos demais com o outro, acabamos cedendo o domínio do nosso próprio ser para essa pessoa. Foi justamente isso que aconteceu comigo e com você. Ainda não recuperei todo o controle sobre mim. No meio dessa minha tentativa de me pertencer outra vez, eu só consigo enxergar você me colocando contra a parede com questionamentos que não se fazem presentes.

"Como é perder alguém que te ama tanto?", você pergunta. Doloroso. É isso que eu digo quando me olho no espelho.

Eu não sei mais o que você tem comido antes de dormir e qual o gosto do primeiro café que passa pela sua garganta depois de acordar, mas sei que existe um gosto mais amargo que o normal no meu. Já não fazemos as mesmas coisas, não vamos aos mesmos lugares, não dividimos o mesmo copo de vodca com energético na madrugada de um domingo qualquer.

Mas tá tudo bem.

Aos poucos, eu vou me desfazendo da parte de mim que permaneceu em você.

Despacho.
Não esqueça a mala aqui.
Nem finja esquecer.
Se leve. Se leve junto.
Se leve com todos os detalhes desimportantes que pareciam maiores que tudo e que te faziam ficar.
Se leve em plenitude.
Daqui.

Era tudo culpa minha, não era?

Era isso que eu sentia quando estava ao seu lado. Era exatamente isso o que você sempre me dizia quando parava na minha frente e contava sobre os problemas que eram nossos e os que eram só seus.

Eu tinha minha parcela de culpa ao fazer algumas coisas ruírem, eu sei disso. Mas tudo? Tudo é um pouco demais.

Eu me culpava pelas coisas que você sentia e que não tinha nada a ver comigo. Era uma responsabilidade pesada. Admito que eu não sabia se carregava ou se me arrastava, e você raramente dizia alguma coisa. Era bonito assistir enquanto eu me afogava com cada uma delas?

Eu sei que errei. Talvez por não dar atenção aos nossos problemas, talvez por aumentar demais dentro da minha cabeça. Dia desses, um amigo precisou me lembrar de que em todo relacionamento humano as duas partes falham, por mais que seja doloroso admitir.

Mas eu assumo minha parcela de culpa, ainda que não seja completa.

No fundo, dói saber que, para você, eu fiz demais ou fiz de menos.

Você nunca me explicou exatamente o que aconteceu.

Perdido na rua de casa.
Foi assim que eu me senti enquanto voltava, no início da noite de um domingo.

Seis da tarde.
Sete sentimentos diferentes batucando no meu íntimo.

No descompasso do meu próprio peito, resolvi parar.
Com os olhos cheios de lágrimas.
Fazia um mês. Ou quase isso.

Eu achei que tudo estava dormindo aqui dentro.
Ou então, que eu já havia assinado o óbito e enterrado tudo.
Mas acordou, de uma hora para outra, logo depois de você dizer que eu te perdi.

Eu te perdi ou a gente se perdeu?

Eu me perdi voltando para casa.
E encontrei o que eu tinha certeza ter perdido.

A saudade.

♪ (HOLLOW COVES – THESE MEMORIES)

Esse é só mais um daqueles dias em que você não me diz nada e eu espero uma resposta. Isso tem acontecido ultimamente. O mais triste das palavras é que há vezes em que elas não comunicam nada. Nadica. Nem uma faca sendo cravada na minha pele, nem um afago no meu peito.

Você já percebeu que o vazio sempre é gigante, independentemente do tamanho do cômodo? Eu acho que é porque tanto faz a distância entre as paredes quando não há nada para se abrigar no lado de dentro. Sem móveis para decorar, sem um colchão no chão para dormir confortável nos dias frios.

Você está bem? Eu me pego pensando nisso porque a chuva do lado de fora impede que eu saia. Sem probabilidade de fuga, não encontro nenhuma maneira de entreter a minha mente do lado de dentro. Passei quatorze minutos no banho até me dar conta de que eu não sei exatamente como agir em casos como esse.

Faz quase dois meses que não nos falamos. E maldito seja o tal do recurso que o *WhatsApp* criou para apagar as mensagens enviadas, o que me impediu de saber o que você queria. Era tarde quando eu vi a mensagem que você mandou hoje cedo, o que fez com que esses meses parecessem mais de um ano. Perguntei o que houve, mas não obtive resposta.

Agonia é um sentimento chato que pode levar o outro à loucura, sabia? E se você sabe, por que faria isso comigo de novo?

Você realmente me amou como costumava dizer? Eu realmente te amei como pensei que amava? É esse tipo de inquietação que sobe dos meus pés até a minha cabeça quando eu me enxergo assim.

Deixar alguém ir é um processo doloroso que nos exige certo esforço. Por que precisamos voltar tanto assim para segurar o outro conosco mais um tempo? Insistência burra. Hoje você tem seus problemas, eu tenho os meus. Eles são completamente diferentes.

Mas pouca coisa mudou.

Nada grita tanto como quando o aglomerado de sílabas que sai da sua boca não me diz nada.

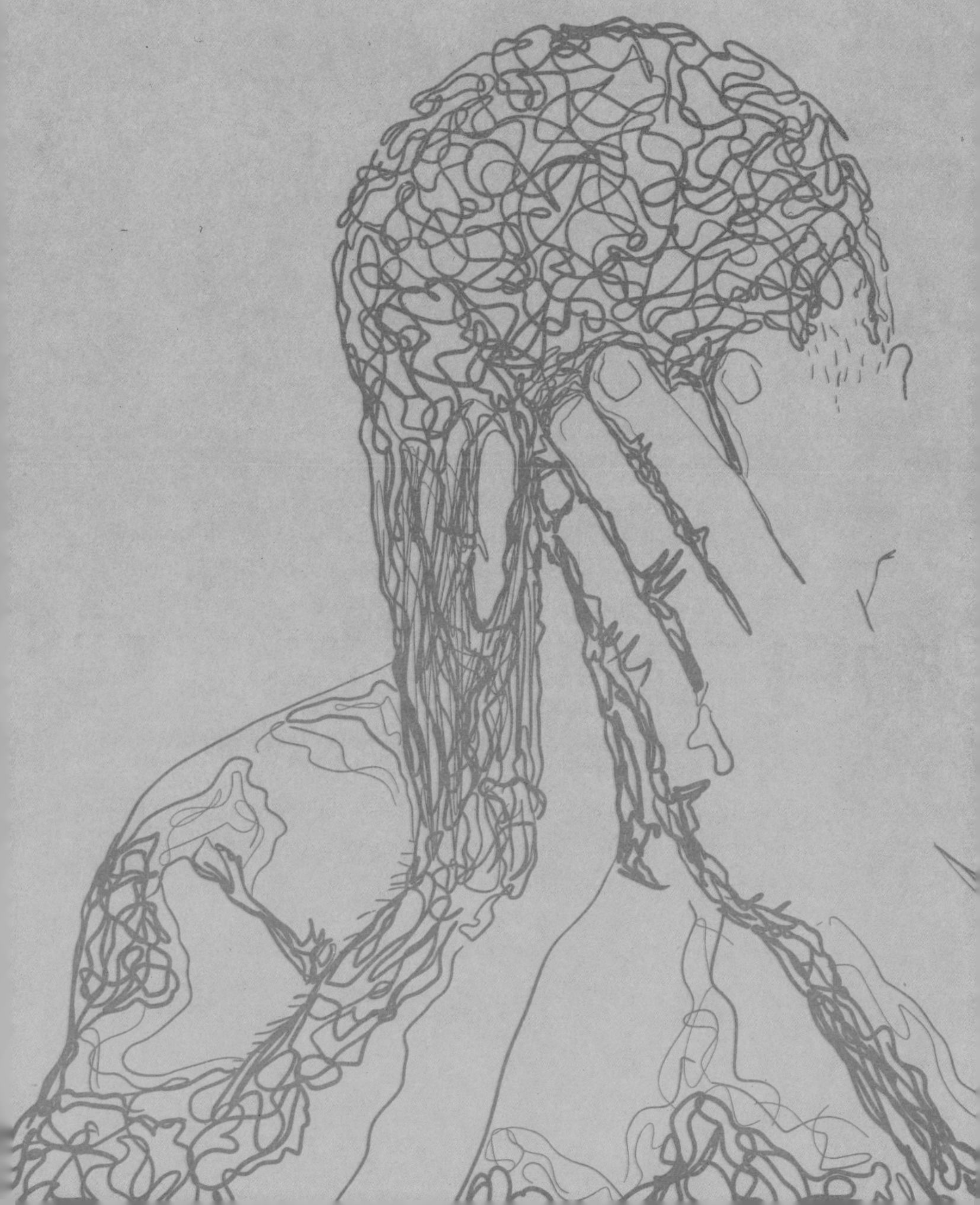

(MILEY CYRUS – THE CLIMB, BOYCE AVENUE ACOUSTIC COVER)

Quanto tempo resta?

Um ano após começarmos, tento calcular quanto tempo ainda teríamos se estivéssemos juntos. Você não vai saber disso porque eu não teria a cara de pau de te escrever em uma data bonita que a gente insistia lembrar, lembra? Eu me lembro. Muito.

Depois de um ano, essa foi a terceira vez que vi o seu sorriso. Você costumava escondê-lo porque dizia que suas bochechas são grandes demais. Eu jamais concordaria com isso. Mania chata de encontrar defeitos em si mesma o tempo inteiro. Mas eu entendo, porque as coisas são exatamente assim por aqui também.

Montanhas e mais montanhas foram o que erguemos ao redor do que nós dois somos para que o outro não pudesse alcançar. Proteção necessária para duas pessoas que pareciam crianças em pé de guerra. A gente tinha jeito ou não tinha? Eu não sei se o tempo vai encontrar um modo de responder essa questão.

Você tem seguido a vida como eu imaginei que seguiria, entregando-a nas mãos dos próprios desejos? Eu tenho tentado me controlar. Abro mão das vontades do meu corpo constantemente para me manter em estado de graça. Você não tem noção de como a mente e a alma agradecem por essa paz. Talvez a gente não precise ser invadido o tempo inteiro, pode ser que exista um tempo certo.

Mas quanto falta? Quanto sobra?

De tudo aquilo que se foi, alguns rastros dos seus dedos permanecem marcados no veludo do sofá da sala. Eu não tenho coragem de passar as mãos por cima e apagar de uma vez por todas, pois a memória edifica. Tem me ajudado a entender os processos e me mostrado no que eu preciso mexer para que as coisas deem um jeito de se acalmar.

Na estante de livros, na mesa de centro, na sala de jantar e na cozinha do meu apartamento, seus rastros permanecem com a mesma leveza de sempre. A única coisa que tem mudado são as folhas do calendário, que eu não deixo de virar. Costumávamos marcar dia a dia as datas, por medo de perder as contas de quantos meses teriam passado desde que nos encontramos; até que decidimos parar de contar.

E de estar.

Talvez um dia eu pare de marcar os dias por conta própria e esqueça o quanto passou e o quanto resta de nós dois.

Um passo de cada vez.

Ao menos você voltou a sorrir.

Um passo de cada vez.
Um amor de cada vez.
Todos depois do amor por mim mesmo.

É isso que eu tento me dizer.

♪ (ED SHEERAN – PERFECT)

Essa é uma das músicas que tem o maior poder de fazer minha cabeça bater contra a parede. A intensidade é tanta que chego a ficar tonto e preciso rapidamente me apoiar nos móveis para me localizar no mundo.

Foi em uma madrugada de temperatura amena que paramos de nos falar. Você pediu um pouco de espaço porque as coisas não poderiam seguir do jeito que estavam. Mesmo com o peito já rasgado em saudade, eu concordei.

Voltamos a manter contato três semanas depois, mas não foi a mesma coisa.

'Cause we were just kids when we fell in love

Nós éramos, não éramos?

Você costumava me mandar as fotografias dos lugares que ia e eu gastava toda a memória do meu celular enviando caretas engraçadas para você.

Agora eu danço no escuro, exatamente como o Ed canta na música.

A diferença é que você não está aqui.

Não existe mais o seu jeito, nem o modo com que você me ganha mesmo quando esconde o seu sorriso.

Foram quatro míseras vezes que pude vê-lo sem que você tentasse apagá-lo por conta da vergonha, mas foi mais do que o suficiente para que eu me apaixonasse ainda mais por você.

Na tal quinta vez, eu solucei madrugada adentro tentando entender o porquê de tudo ser assim. Hoje, eu só permito ao meu peito apanhar silenciosamente.

I found a love, yeah
But I´m alone now

Você foi o riso que eu nunca tinha dado
E a angústia de uma noite sem mostrar os dentes.

O coração quente com uma mensagem logo após acordar
E a noite gelada em que eu precisei usar três cobertas, mesmo que fizesse vinte graus do lado de fora e a janela do meu quarto estivesse fechada, e o aquecedor ligado.

Foi o tempo que gastei sendo feliz
E as noites de sono que perdi porque você achava melhor não justificar quando parava de responder de uma hora para outra.

Foi o meu grito de liberdade — aquele que você calou logo depois — me dando a sensação mais bonita que eu já havia sentido em toda a minha vida
E o cárcere em que me prendeu e me impediu de caminhar por conta própria.

Foi cada compromisso adiado para assistir a um filme contigo durante a madrugada de uma sexta-feira
E os sorrisos que demos enquanto os créditos ainda subiam.
Foi a verdade eterna mais bonita que eu já senti
E, agora, a verdade é que ela não durou para sempre.

Foi-se.

SE PERMITIR OUTRA VEZ

LOVE

Talvez o amor seja
um coração bêbado
que não espera pela manhã de ressaca.

Ela parecia brava antes de sorrir.
Foi na saída do metrô, quando pensei que já não havia mais
tempo de acontecer nada ali.
Não faço a menor ideia do nome dela.
Qual seu nome? – grita a minha mente.
Ninguém responde.
Mas meu peito bate.

Ainda bate.

♪ (LIFEHOUSE – EVERYTHING, BOYCE AVENUE ACOUSTIC COVER)

Escombros.

Isso é tudo o que sobra quando termina, não é? Num dia tudo está tão sólido quanto pedra cravada no chão, e no outro, tudo vem abaixo. Baixo os meus olhos para enxergar os restos do que um dia estivera entre nós e se foi.

Depois de toda grande tragédia vem a reconstrução. Reuni todos os meus amigos em mutirões que passaram por bares, baladas e almoços de domingo, mesmo quando eu estava de ressaca, só para colocar tudo para fora. Me fiz de inocente por muito tempo, falei mal de você para uma penca de gente que nunca vai te conhecer.

Assume os danos que você causou nela, cara, assume de uma vez por todas.

Repeti essa frase dezenas de vezes na frente do espelho para colocar dentro da cabeça que eu tinha a minha parcela de culpa, sim, e que era provavelmente maior que a sua.

O que acabou com a gente foi o medo que eu tinha de me entregar demais e deixar os meus sonhos pelo caminho, não foi?

Você demorou alguns dias para perceber que não me odiava. Eu demorei um pouco mais para me perdoar por todo o dano que causei nas vezes em que disse que havia açúcar o suficiente quando, na verdade, ainda estávamos salgados demais.

Doses cavalares de amor injetadas na veia não eram exatamente o que precisávamos.

Eu me senti feliz com você por muito tempo. E não sei por que raios permiti que as coisas transcorressem desse modo.

A poeira não se espalha de maneira homogênea em meio a uma tragédia. Eu vejo restos esfarelentos por todo canto, a visão fica turva. A sensação que eu tenho é de voltar para as noites de sábado em que bebíamos garrafas de um vinho meia-boca vindo da Argentina. Prometemos que iríamos para lá, me lembro bem, mas não deu tempo de garimpar os sites em busca de passagens baratas.

Quando terminamos, demorou mais de um mês para as coisas começarem a se acalmar por aqui. *Nem vulcões levantam poeira tóxica por tanto tempo*, pensei comigo. Mas em algum momento nós voltaríamos a levantar paredes. Precisaríamos voltar.

O importante é que eu sobrevivi. Percebi isso ontem, na saída do metrô, quando, pela primeira vez em muito tempo, reparei em um rosto. Quando caí na calçada, quase caí em mim.

O importante foi perceber que, apesar de os restos de escombros ainda deixarem a minha vista turva, eu continuo vivo.

— Você tem isqueiro?

— Não tenho.

— Obrigada mesmo assim.

— Eu teria se ainda estivesse com ela. Soube que começou a fumar depois que a gente se deixou.

— Quê?

— Ah, desculpa. Não era para ter falado alto, não queria que você ouvisse.

— Ouvi.

— Desculpa.

— Tudo bem?

— Obrigado.

— Não, não quis dizer que tudo bem eu ter ouvido, quis saber se está tudo bem com você.

— Logo fica.

— Por que não agora?

— Não sei. É a segunda vez que eu te vejo na vida e não me sinto confortável assim para te contar tudo.

— Segunda vez?

— Sim. Te vi um dia na saída do metrô. Eu indo, você vindo.

— Ah...

* * *

— Pode falar, se quiser.

— Melhor não.

* * *

— Toma, traga.

— Não, obrigado.

— Para, cara. Sério, traga.

— Por que você quer que eu faça isso?

— Pra você tirar o pensamento daquilo que não queria me dizer e acabou dizendo.

— Tudo bem.

* * *

— Faz tempo que você fuma?

— Quatro anos.

— E quantos anos você tem?

— Vinte e um.

— Começou cedo, não?

— Talvez. Mas uma hora a gente descobre que precisa de uma fuga.

— Se eu precisasse de uma, acho que tentaria juntar dinheiro para viajar por aí e preencher o espaço vazio.

— Quanto dinheiro você já juntou na vida?

— Como assim? Você me conheceu agora e já quer saber da minha conta bancária? Eu, hein.

— "Eu, hein" digo eu. Mas isso prova que eu estava certa e você precisa fugir.

* * *

— Não sei para onde ir.

— Fica no Brasil. Tenta, sei lá, o Sul.

— Eu vim de lá, não daria muito certo.

— E o Nordeste?

— Eu viajei para lá com ela, sem chance.

— Fica aqui, então. Sei lá, dá um jeito de se encontrar por aqui. Ou tenta encontrar alguém.

— Não sei. Você fala como se já tivesse feito isso.

— Eu? Não. E também não estou procurando.

* * *

— Quer saber? Deixa eu tragar uma vez.

— Quer que eu acenda um para você?

— Não, só uma tragada mesmo.

— Tudo bem.

* * *

— Primeiro, você suga o ar pela ponta do cigarro. Depois deixa ele descer até os pulmões e então solta. Provavelmente vai tossir nas primeiras cinco vezes, mas depois passa.

(Cof... cof...)

— Eu disse.

* * *

— Pega meu número, se você quiser. Eu não sou a garota mais legal do mundo, mas posso dar conselhos se você precisar.

* * *

— Seus olhos ficam assim sempre?

— Só quando eu fumo.

— São bonitos.

— Obrigada. Os seus também.

— Gentileza sua.

— Talvez.

— Talvez?

— Talvez.

— Tudo bem.

* * *

Eu preciso ir. Obrigado pela conversa. Vou me lembrar de você se um dia fumar outra vez.

— Também vou me lembrar de você. Ao menos vou tentar.

O que você tem?
Seu cabelo não é tão diferente assim dos que já encontrei por aí, e o seu modo de baixar os olhos e corar não parece tão original.
Você fuma.
Isso é diferente, pelo menos para mim.
Eu sempre odiei pessoas que fumam.
Agora, sou uma delas.
Mas é só isso.
E, sim, eu sei que meio mundo por aí também fuma, mas não é a mesma coisa.

Eles não batem aqui dentro.

Oi.

Oi?

Desculpa te incomodar agora, mas você disse que eu poderia.

Eu disse?

Disse.

* * *

É o cara do cigarro.

Ah, sim. Oi!

Oi.

* * *

Eu estava aqui pensando depois de ver uma publicação no Facebook. A gente reclama demais da vida, não reclama?

Reclama, eu acho.

Eu acho? Reclama, sim.

* * *

Uma amiga minha foi diagnosticada com câncer no útero, e olha que ela nem tem trinta anos.

Nossa... Eu nem sei o que dizer.

Nem precisa. Eu tô feliz.

Feliz?

Simmm!

Como assim? Ela não tá com câncer?

Tá, sim. Mas eu percebi o quanto a vida é bonita.

E ela? Ela não está mal?

Que nada. Tá feliz da vida.

* * *

Quer dizer, ela está feliz da vida agora. Obviamente sentiu o impacto, mas li em um texto que ela postou que ela poderia viver ou sobreviver com a doença. Escolheu a primeira opção. Anda postando vários textinhos-gratidão no perfil dela.

E você?

Acho engraçado.

O que você percebeu de tão importante assim?

Que eu preciso viver, oras. Liguei para saber se você quer viver junto.

* * *

Calma, desculpa te assustar. Eu não tô te chamando para viver uma vida comigo. Só para sair e aproveitar alguma coisa por aí.

Ah, ufa!...

* * *

Não me interprete errado.

Nunca.

* * *

Um chopp na Paulista ou um cinema?

Eu não sei se posso hoje.

Ah, para. Pode parando com esse draminha de "ai, eu não sei se eu posso hoje". Eu sinto o cheiro de charme de longe. Claro que pode, pode sim. Se realmente não pudesse, teria dito logo de cara.

Não é charme.

Claro que é. Na verdade, você não quer parecer uma pessoa fácil.

Como você sabe?

Não sei, tô chutando. Ponto para mim.

* * *

Na Paulista, é mais perto de casa.

Te busco ou a gente se encontra em algum lugar?

Tanto faz. Tem uma padoca que eu gosto em uma das ruas paralelas.

Eu gosto também, se o chopp for gelado.

* * *

Te vejo às 22h?

Me vê. 22h.

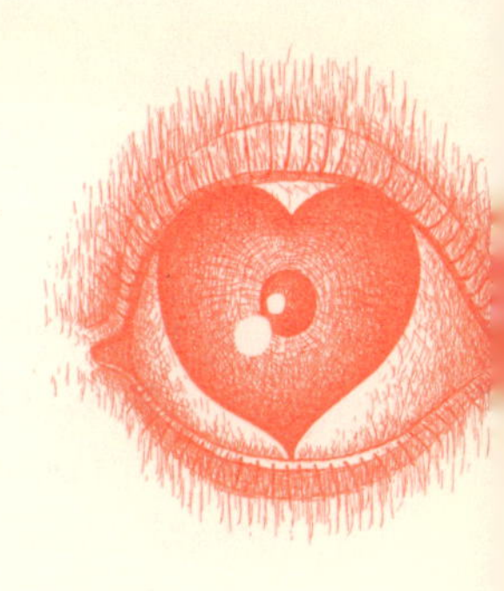

(ELLIE GOULDING – LOVE ME LIKE YOU DO)

Os olhos dela são castanho-claros. Eu não havia reparado nisso da outra vez. Foi rápido demais e eu estava nervoso, quase não conseguia alcançar a entonação certa de cada palavra antes que elas me saíssem aos atropelos pela boca. Não era nada com ela, mas fazia tanto tempo que eu não me abria assim com alguém.

Eu me senti invadido, preciso ser sincero. É engraçado que ela me olha e fala, fala um pouco mais e parece matraquear sem fim enquanto eu fico pensando e falando comigo mesmo dentro da cabeça. Gosto do modo como ela parece não se importar.

Eu olho para a janela e vejo que o trânsito já diminuiu significativamente. Os motoristas que passam fingem ignorar a existência das placas e cravam o pé no acelerador. Adrenalina escorrendo pelos poros. É justamente isso que eu sinto reverberando no meu peito.

Talvez eu seja multado pelo excesso de velocidade.

Da última vez que eu saí com alguém pela primeira vez, eu não tinha a menor noção de como as coisas funcionavam nesses casos. Ela havia sido minha única namorada. Nós costumávamos sair para beber às quintas em um boteco qualquer. Mas eu não preciso contar isso agora, preciso? Vai parecer que eu só quero preencher algum vazio, o que não é tão mentira assim.

Agora ela está me olhando sem dizer nada. Eu nunca faço alguma ideia do que fazer nessas horas. Eu não sei se bato o pé ou se arrumo um jeito de raspar as unhas por cima da coxa, produzindo um pequeno ruído no tecido da calça. Não sei se dou um jeito de aquietar as pernas ou invento alguma coisa aleatória sobre uma viagem à Europa que eu, na verdade, nunca fiz, só para parecer mais interessante.

Bobagem. Se ela não gostar de mim assim, vai gostar por que motivo?

Se eu contar sobre como eu vim parar aqui, será que ela vai se assustar demais? Já falei sobre a fossa que eu entrei mais de vinte vezes desde que tudo terminou. Senti saudade em uns dias, raiva nos outros. Raiva de mim em quase todos, mas isso diminuiu agora.

Está frio lá fora, e a bebida dentro do meu copo está mais gelada ainda. A verdade é que eu tenho medo do modo como ela coloca o cabelo por trás da orelha porque me sinto em meio às cinzas de um relacionamento que já não existe mais.

Cachorros. É isso! Cachorros...

Talvez ela goste das fotos que eu tenho de filhotes na memória do celular.

Eu gostei do modo como ela fala.

E dos olhos.

E não faço a menor ideia do que fazer.

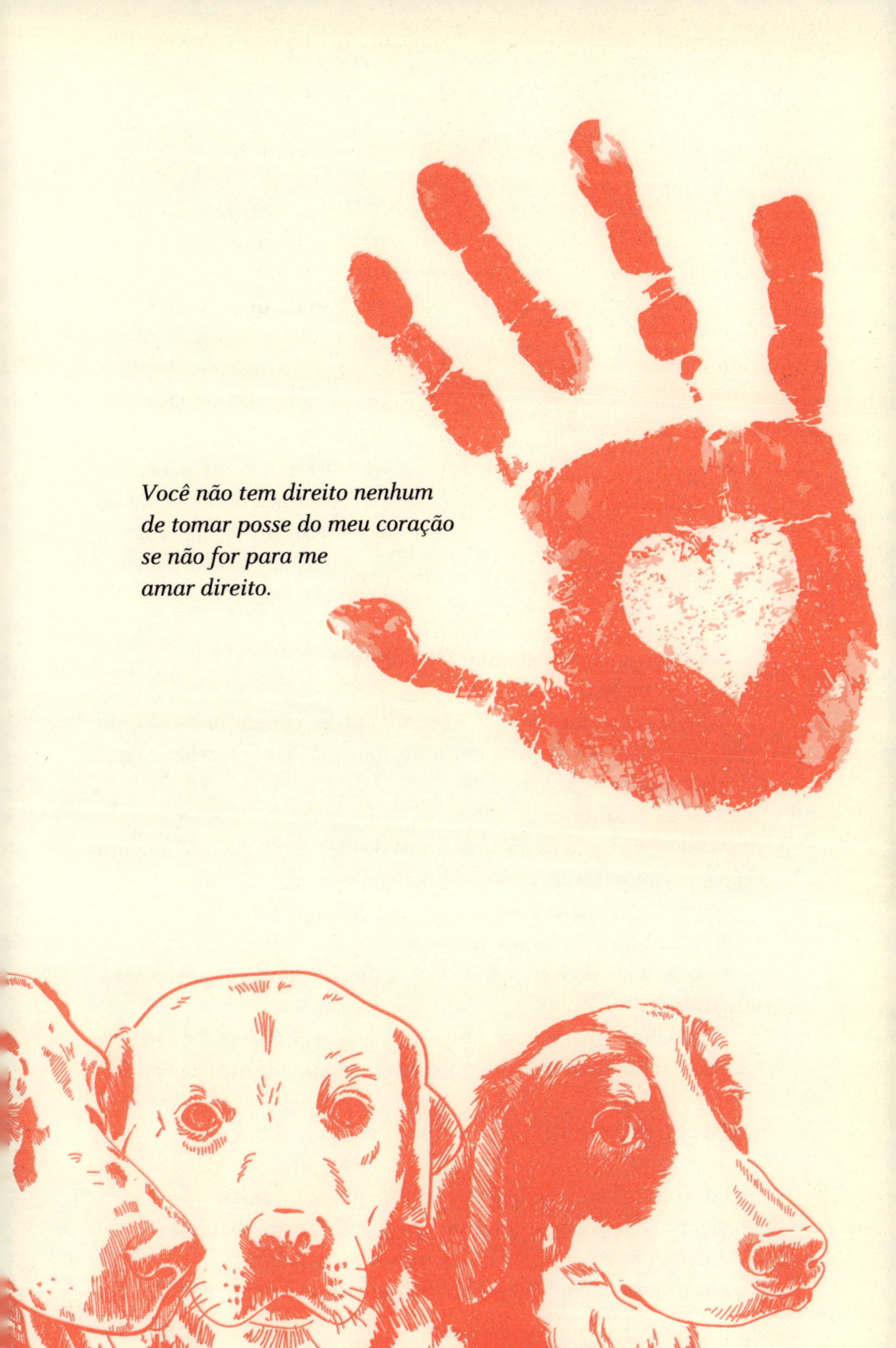

Você não tem direito nenhum
de tomar posse do meu coração
se não for para me
amar direito.

♪ (SHAWN MENDES – IMAGINATION) ~~~~

All this time we spent alone
Thinking we could not belong
To something so damn beautiful
So damn beautiful

Será que você tem sentido falta da gente?

Eu não sei se tenho.

Sei que me lembro de você e isso me cutuca, cutuca fundo a ponto de ferrar o meu psicológico inteirinho, deixando-o em farelos.

Mas falta?

Não sei se sinto.

Mostrei para ela as mesmas fotos de cachorros que enviei para você, mas eles parecem ter os olhos mais vidrados agora.

Mostrei umas que você nunca verá. Minhas favoritas.

E fumei um cigarro inteiro dessa vez.

Não viciei, cala a porcaria da sua mente inquieta que só sabe me acusar.

Foi só mais um. Não vou repetir.

E tudo bem se eu repetir. Problema inteiramente meu, tá ligada?

Eu não tô bêbado, já pedi para calar essa maldita mente.

Se eu for a saudade que você sente quando acordar,
dá um jeito de me esfolar da sua pele durante o banho.
Assim, eu escorro pelo ralo e me sinto mais livre.
Me arranca célula por célula, como eu tenho tentado e conseguido.

Nós bebemos quase cinco litros de chopp os dois, e eu não enxergo nada duplicado na frente dos olhos.

Para de querer botar a culpa do meu desapego na porcaria do álcool. Aquieta essa mente.

Bobagem.

Eu tenho que aquietar a minha enquanto espero ela voltar do banheiro.

Eu sinto alguma coisa.

Por ela.

E por você.

Mas não é falta.

Se você tem sentido da gente,
dá um jeito de me largar de uma vez.
Como eu já tenho feito.

♪ (CALUM SCOTT – DANCING ON MY OWN)

Acabei de entrar em casa. Um pouco bêbado, confesso. Mas você não precisa saber disso, estou escrevendo para mim mesmo. Escrever, nesse caso, é a prova de que a bebida não me bateu tanto ao ponto de roubar a minha consciência.

E a consciência é justamente a parte de mim com a qual tenho guerreado nos últimos dias.

Mas essa luta que se dane.

Eu só preciso colocar algumas coisas no lugar dentro da cabeça, realocar você para um passado que já não habita mais os meus dias – pelo menos não materialmente.

- As coisas não são como eram.
- Depois da última vez, somos dois completos estranhos que não sabem nem conversar sobre a previsão do tempo.
- Eu sou um alguém novo. Preciso ser. Ainda que aos poucos.
- Ela tem olhos castanhos. Você não tinha.

Você já se deu conta de que as coisas sempre funcionam assim? Quando não sabemos o que falar, no milésimo de segundo que resta até o silêncio começar a devorar, alguém pergunta se vai chover ou comenta que está calor. Está frio, nesse caso, não está? Gelado ao ponto de a gente não conseguir dizer nada nessa porcaria de conversa para amenizar o estrago.

Houve um tempo em que a gente se preocupava com o desastre em que a nossa viagem poderia acabar se o avião caísse. Hoje tanto faz. Eu já não me preocupo se você vai sentir alguma coisa corroer quando eu curtir a foto de alguém novo ou postar fotos no *stories* em uma padaria da Paulista. Você, ao mesmo tempo, não se importa se eu vou sentir uma faca sendo cravada no meu tórax ao te ver com alguém em alguma madrugada quente da sua cidade-de-calor-intenso particular. A gente dava bola para isso no início.

Primeiro as preocupações com o que o outro ia sentir, agora o sentimento vazio e doentio de não estar nem aí.

Qual o próximo passo?

Eu não faço a menor ideia de onde fica o lugar do mundo para o qual tenho caminhado. Eu saí com essa guria uma única vez, e foi hoje. É a terceira vez que a gente se esbarra, mesmo que a primeira não seja relevante assim ao ponto de ser lembrada e anotada nesse texto. E eu sinto algo novo, por mais que falte alguma coisa em alguns pontos e exceda em outros. É normal, quando encontramos um alguém novo, encaixar nos detalhes de quem viveu com a gente tanto tempo, não é? Eu tenho feito isso, ainda que em doses mínimas. Ela não chega perto de ser você, o que é uma bênção, mas preciso mudar algumas coisas na cabeça para que tudo se encaixe no seu lugar agora.

A mente cuida dos pensamentos, o peito da vontade e o que eu sinto se manifesta nos rins. É isso que os gregos diziam, não é? Ouvi de um amigo esses dias. Fez sentido. A vontade que o meu coração tem é a de, daqui para a frente, ver o mundo com olhos novos.

Eu tenho brigado comigo mesmo porque tudo parece recente demais. O tempo implora por espaço para maturar as experiências que faz, me disse outro amigo. Eu ofereci o necessário para que ele agisse e não restasse nada para ser reparado no futuro? Bobagem, sempre vai haver.

A minha cruz tem sido justamente brigar com esse monte de pensamentos dentro da minha própria cabeça. O desafio é colocar cada um dos meus eus para conversar de uma maneira amistosa, que não me dilacere de vez. Como fazer para alcançar essa maturidade emocional?

- Lembrar-me de terminar os trabalhos da faculdade.
- Visitar os meus avós.
- Passar no supermercado e procurar uma nova marca de shampoo anticaspa, porque o meu não tem surtido o efeito necessário.

Um espaço em branco para anotar o que vier à mente depois.

Tem horas que eu sinto escombros de um avião em queda vindo na minha direção para transformar tudo em um amontoado de carne espremida no chão. Assim, nojento e doloroso mesmo. Sem muita chance de correr ou colocar as duas mãos na cabeça e se agachar no chão. Isso não iria diminuir o estrago.

Mas basta piscar os olhos para perceber que isso é fruto da minha mente que não aprendi a aquietar.

Eu a deixei em casa porque não queria que ela saísse nas ruas durante a madrugada. Desci do carro e a beijei na testa. Não era momento para mais, por mais que eu quisesse. Espero que ela tenha gostado um pouco de mim como eu gostei do modo com que ela conversa sobre as coisas sem me cobrar um pensamento reto demais.

Com ela, minha mente tem ido um pouco mais tranquila. Meu peito vai bem também.

Eu só não faço ideia quanto aos meus rins.

Eu preciso seguir a receita
para que os meus sentimentos se aquietem
e acalmem a cabeça em um
peito novo.

(CALUM SCOTT – YOU ARE THE REASON)

Morte. Esse foi o gosto que subiu pela minha garganta logo após acordar. Eu não me sentia assim desde o dia em que recebi a notícia de que um amigo meu da faculdade havia falecido por uma paralisia fulminante dos pulmões. Eu nem ao menos sabia que isso era possível, e era por isso que, por mais que não fôssemos próximos, aquela notícia doía um pouco além do normal.

Aquele havia sido um dos últimos momentos da vida em que eu tinha adentrado até as portas das minhas misérias. Agora, eu entrei com os dois pés, chutando a porta, em uma tentativa vã e bizarra de mostrar quem manda. Quando dou um passo adiante, a sensação que eu tenho é de que não é possível voltar. Percebo que depois de um movimento de pé dado adentro, só é possível sair após atravessar toda a escuridão.

Não precisa ser assim.

Pelo menos não deveria.

É o que eu penso comigo.

Ontem à noite foi bacana. E, por mais que bacana pareça morno demais, me consola bastante. Eu sei que o momento me marcou e eu só falo desse jeito frio porque ainda me lembro de você. Mas estou vivo, droga, olha quanta coisa para viver por aí.

Você não faz a menor ideia do que isso significa, né? Mas vou colocar no papel para você entender um pouco melhor.

Quando fui dormir, meu mundo girava tanto que tive que colocar as mãos em um móvel para me equilibrar. Acordei meia hora atrás com um gosto azedo na boca. Não era ânsia de vômito, passava longe disso. Estava mais para uma sensação estranha de abismo que eu nunca havia sentido no meu paladar. Mas as coisas acalmaram um pouco quando ouvi o áudio que ela me enviou na noite passada. Sorri e fiquei preocupado por não ter ouvido antes e avisado que havia chegado bem. Mas acredito que ela não tenha demorado tanto assim para pegar no sono também.

Você e eu nunca assistimos à lua se mover no céu como eu assisti com ela. Isso alegra o meu peito, porque existe um momento meu e dela sem nenhum traço seu que possa atrapalhar. Não é papo de desapego, é verdade mesmo. É, até agora, a prova mais concreta de que você não está impregnada aqui.

A cada dia que passa, eu sei que a sensação é menos dolorosa. Demorei umas duas horas para assimilar a morte na outra vez, até que a primeira lágrima resolveu escorrer pelo canto do olho direito. Eu não sei se vou chorar hoje. O estranho habita no fato de eu não saber exatamente o que sinto. Eu gostei dela, o que me anima para caramba. E gostei do modo como ela me faz sentir.

A gente está indo rápido, eu sei. Não houve um mísero beijo, não houve nada, mas, de alguma forma, o laço afetivo já deu um nó. Menos mal, acredito eu; assim, você passa de um modo mais veloz aqui dentro também.

Eu sei que uma hora você também vai passar pelo momento de tatuar outro nome no próprio peito. Se é que não passou. E então vai perceber que essa crueldade em forma de tinta não faz tão mal assim, apesar do gosto de morte.

Outros gostos.

Outros amores.

Outro desejo de ser feliz apesar de qualquer coisa que possa vir a destruir a mente e o coração outra vez.

Eu acordei com o peito dando umas leves falhadas por conta da bebida na noite passada. A cabeça ainda gira um pouco, mas isso é quase irrelevante. Só me incomoda o fato de eu repetir as mesmas músicas e o mesmo cantor britânico da noite passada. Fazer o quê, se ele diz o que eu preciso ouvir?

De resto, tá tudo bem.

Meu peito e os meus pulmões têm trabalhado mais afobadamente quando eu estou com ela.

Eu choro copiosamente
pelas histórias que gostaria de ter vivido
enquanto você ainda permitia
que a gente se bastasse.

♪ (KODALINE – LOVE WILL SET YOU FREE)

Eu só consigo pensar sobre o movimento natural das coisas. As folhas do lado de fora da janela seguem se mexendo calmamente enquanto o tempo lá fora ameaça chover. Não vai ter tempestade, penso comigo. Hoje não.

A minha mente é mais barulhenta do que é possível imaginar ao enxergar o meu silêncio. Em um ato quase automático da minha falta de alteridade, eu só consigo perceber o quanto te amei de um jeito falho, desses que deixam brechas que parecem crateras.

A reciprocidade é uma crença bonita que a gente prega por aí, não é? Utopia estranha em que as sensações aparentemente precisam ser equivalentes. Você sente uma pontada aí, eu sinto a mesma coisa aqui. Não tem muito a ver com religião, psicologia, psiquiatria ou atração física e reações químicas que causem a mesma dor nos dois corpos.

É quase impossível medir o tamanho das explosões dentro dos dois peitos.

Eu percebo isso quando vejo você falar sobre ele. Existe um zelo diferente do que eu tinha com você. Você também falava assim de mim? Digo, você me dava o mesmo amor e eu insistia em fechar a porcaria dos meus olhos para não perceber?

Eu costumo te culpar, às vezes, mas as coisas não são exatamente como eu tento dizer para mim.

Já faz um tempo desde a última vez em que nós trocamos uma palavra. Você defende o fator humano de um lado, eu, de outro. Visões de mundo completamente opostas. Existe um meio-termo de ouro nesses casos? Não sei exatamente o que isso significa, mas imaginei que falava da gente quando me matriculei em uma cadeira de Filosofia.

Você carrega os mesmos sonhos? Digo, você ainda quer se formar em Direito e ir morar em Paris depois de uns anos? Eu amava o seu desejo de querer mudar o mundo, apesar de não concordar com a metade das coisas que você pensava. Você já percebeu que as nossas crenças se tornam fracas quando algo vem de fora e domina a gente?

A calmaria tem os seus problemas. Eu percebo isso enquanto olho para o lado de fora de casa e me dou conta de que nunca estamos atentos quando um meteoro se aproxima para nos massacrar contra o chão.

Sessenta, setenta, noventa e cinco dias sem contato e eu pensei que as coisas estariam melhores agora. Você passando calor mais ao norte, eu colocando quatro casacos para aguentar o frio. Mas, às vezes, as sensações saem do curso natural para pegar um caminho diferente e colidir com a gente. E o céu desaba em chuva.

Eu dei o meu melhor. Eu juro que me esforcei para ser um pouco mais do que fui para você, apesar de todas as limitações internas que minha própria mente impunha sobre mim mesmo.

Não sei do futuro.

Tenho uma visão embaçada sobre o (nosso) passado.

Um passo de cada vez, para que as coisas retomem seu lugar.

Eu errei, você errou, e o que mais me machuca nesse processo todo é te ver seguindo um caminho novo, coisa que, aparentemente, eu também tenho feito.

Que você seja feliz.

De coração.

I'm sure you're probably busy,
Getting on with your new life
So far away from
So far away from
When everything we used to say was wrong
Is now alright
Where has the time gone?
[...]
'Cause I feel it with you now

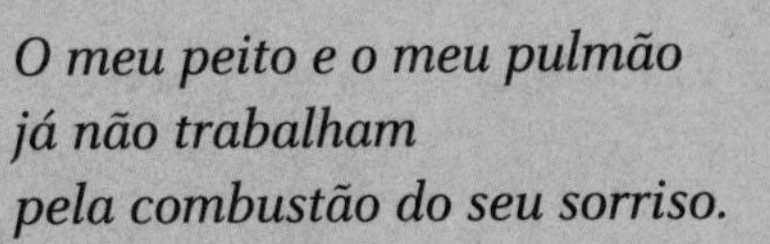

O meu peito e o meu pulmão
já não trabalham
pela combustão do seu sorriso.

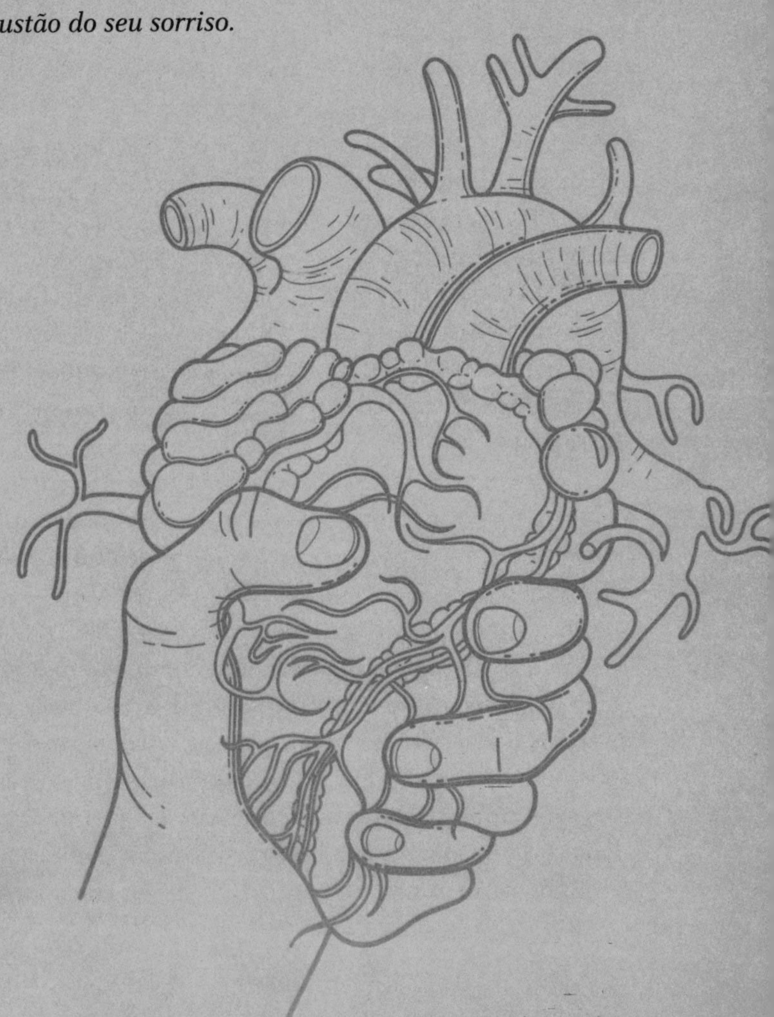

♪ (JÃO – AINDA TE AMO)

Você tinha os joelhos mais bonitos que eu já vi. A pele era um pouco enrugada e com uma palidez bonita. As cascas claras serviam como marca de alguém que, por opção própria, estava constantemente com os joelhos no chão. Os pelos sumiram em uma falha na sua pele. Ninguém nunca te obrigou, mas você dizia que precisava. Costumava rezar dia e noite, um pouco de cada vez, mas nunca gostou de genuflexórios, gostou? Eles te davam um conforto chato que não podia fazer parte da sua penitência. Eu aceitava, embora não entendesse direito.

Agora, eu me pergunto como as coisas teriam sido se a gente fosse um pouco mais sincero um com o outro. Provavelmente esse texto não existiria e eu não teria praticado tanto a minha escrita enquanto dava um jeito de enfiar tudo em uma – às vezes até três – folha de papel.

Eu fico me lembrando disso porque, querendo ou não, é uma parte que vai ser minha para sempre. Ninguém é capaz de colocar as coisas todas em uma gaveta ao ponto de matar o sentimento com a falta de oxigênio. Eu não sou, pelo menos. E é por isso que eu penso tanto com o passar dos dias.

Se não fosse pelo meu orgulho chato que me impedia de pedir desculpas e pelo seu olhar fechado que não queria reconhecer que as coisas não iam bem, talvez não estivéssemos assim. Eu olhava no espelho e dizia que tudo ia do modo certo, ignorava os meus erros e os seus tropeços para não me render a algo que já nos rendia. Era mais complicado ainda admitir as minhas lacunas. Mas eu não era nenhum santo, droga, acho que nunca vou chegar a ser.

Uma vez me disseram que tentar entender os detalhes que levaram ao fim é um claro sinal de imaturidade ou uma tentativa silenciosa de fazer o sentimento não passar. Maduro é aquele que agradece a estadia e o aprendizado e dá um jeito de seguir em frente sem dar *play* na mesma música quando o último acorde terminar. Sabe aproveitar o que de útil sobrar dali. Sempre sobra.

Os pelos dos meus joelhos também já não são os mesmos. Eu tenho andado por caminhos mais profundos do que aqueles que você costumava conhecer de mim mesmo. Um pouco mais adentro daquilo que eu gostaria de ser durante o tempo inteiro em que estivemos juntos. Você não me impedia, veja bem. Eu mesmo quem colocava as barreiras. A culpa nunca vai passar perto de você.

Eu voltei a cozinhar aos fins de semana, para dar conta de preencher os vazios aqui de dentro. Não teve mais os seus doces e as frutas do norte asiático que você costumava comer. Eu acabei nem fazendo questão de procurar por eles no supermercado, por medo de nos encontrar neles.

Reconheço de cabo a rabo o que fomos. Você me amou como ser humano nenhum havia feito antes, me colocando diante de cada decisão, com medo de me ferir. Eu não tive a mesma prudência, o que acabou esfolando um pouco do seu peito. As marcas não eram brancas nem bonitas, mas também clamavam aos céus por um pouco de misericórdia.

Se não tivéssemos fechado os olhos para as coisas que nos feriam durante tanto tempo, talvez estivéssemos mais inteiros peito adentro. Eu precisei adentrar nas profundezas da minha própria existência para descobrir essas misérias. Você já deve ter se dado conta delas assim como eu. Mas dói perceber, não dói?

Confesso que, durante a última hora, pensei umas quatro vezes em te ligar para pedir desculpas por tudo. Você não se encaixava em alguns dos meus planos, assim como eu nunca poderia realizar alguns dos seus sonhos. Qual o sentido de nós termos prolongado tanto isso? Era sentimento mesmo, cru a ponto de fazer a pele arder e infeccionar.

Com o passar dos dias, aprendi a me conformar com isso. Eu precisei me perdoar de alguma forma para enxergar a situação inteira com um pouco mais de racionalidade. E me apropriei de umas práticas de oração suas para me colocar um pouco mais imerso em mim mesmo. Deus habita ali. E encarou tudo isso do meu lado.

Talvez as coisas não tivessem precisado tomar esse caminho. Vai ver era para ser. O que importa é que eu tenho conseguido encarar essas duas possibilidades com um pouco mais de maturidade nos últimos dias. Mais de dois meses de lá até aqui. Espero que você esteja conseguindo também. E tenha encontrado alguém para dividir a dor – não necessariamente a vida – assim como eu.

Prometo me lembrar de ti quando colocar os meus joelhos no chão.

Que você esteja bem. Ou o mais perto que puder disso.

Que o seu peito esteja calmo
como eu gostaria que o meu estivesse
enquanto dá seus passos
em direção a um novo lugar
para habitar.

(BRETT YOUNG – IN CASE YOU DIDN'T KNOW)

Eu não demorei tanto tempo assim para conhecer as marcas das suas costas. Você me disse que havia operado algumas pintas uma vez para fazer biópsia e esse era o motivo das cicatrizes. O médico havia dito que poderia se tornar alguma coisa no futuro, mas acabou não sendo nada.

Benigno.

No fim de uma noite de outono, você tentou entender quem eu era e como as coisas estavam aqui. Eu não conhecia você, mas o frio dentro do meu peito não era o mesmo que se espalhava pela cidade. Era a primeira vez em muito tempo que eu sentia afeto no silêncio, por mais que ele me devorasse às vezes. Naquela hora, olhar para a minha vida era perceber, em mim, uma vontade absurda de correr para um futuro novo. O que você tinha?

Demorou menos de sete dias para que eu colocasse as mãos no seu peito e sentisse a velocidade das batidas. E o gesto se repetiu algumas vezes, ainda que pelo silêncio alongado de uma ligação não terminada. Você me pedia para permanecer com o telefone ligado, para ouvir minha respiração. Eu concordava e achava uma das coisas mais bonitas que me prendiam a você.

Nós não chegamos a trocar cem palavras até eu descobrir que você fazia o meu peito parar de um modo diferente. Eu diminuí drasticamente os meus remédios para pressão. Com vinte e poucos anos e o peito fora de ritmo, a gente aprende a valorizar a calmaria de um vendaval que mexe a mente e deixa o coração permanecer intacto.

Te escrevi na minha pele, rins, intestinos e qualquer parte de mim que se acusa quando faz frio. Escrevi a lápis mesmo, para poder apagar depois. Eu tinha certeza de que seria possível, mas não fazia a menor ideia de que as coisas poderiam se alongar como acabou acontecendo depois de uns dias.

Naquele tempo, menos de cinco canecas de chopp foram o suficiente. "Eu carrego muitas feridas, não liga, não", eu te dizia. "Quer dizer, espero que você não se importe. As cicatrizes ardem em alguns dias, mas eu tenho dado conta de frear a agressividade da saudade quando isso acontece".

Você me entendia, não entendia?

Eu sei que sim. E percebo isso quando eu te encontro pela quinta vez em menos de uma semana. "Dessa vez sem chopp gelado, por conta do frio forte demais lá fora", você me diz.

Um vinho, então.

Estou indo na sua direção sem me preocupar demais com o que veio antes ou o que vai acontecer depois. Afinal, já te escrevi em algum lugar escondido atrás da minha pele.

♪ (ED SHEERAN – ONE)

A saudade me visitou como uma arma que dispara contra a cabeça. Meu peito não acelerou nem diminuiu a velocidade das batidas, o problema mesmo foi o modo com que o meu cérebro lidou com a saudade.

Primeiro, o jeito com que o seu queixo enrugava quando você ria sem mostrar os dentes.

Depois as suas bochechas, cheias de pequenas pintas pretas nos dois lados.

O seu olho ficava menos vermelho do que o normal quando você chorava, já se deu conta disso? Você me dizia que deixava um rio escorrer pelos olhos por qualquer coisa. Uma cena bonita no Caldeirão do Huck era o suficiente para te arrancar o chão. Imagina então quando você chorava pelas coisas que doíam em você; que doíam na gente.

Lembrar-me disso faz os meus pés ficarem inquietos e minhas mãos mais geladas que o normal. Não é culpa do frio lá fora, porque a lareira está acesa na minha sala. É culpa do sentimento mesmo.

All my senses come to life
While I'm stumbling home as drunk as I
Have ever been

Eu esfrego os dedos uns nos outros para dar jeito.

Você também sente frio? Tem uma coberta na última prateleira da esquerda no roupeiro do seu quarto. Eu me lembro de ter visto da última vez.

Deixa pra lá. Você nunca vai se dar conta das coisas que eu te digo porque eu não me esforço para que você escute. Falo mais para mim mesmo, para dar conta de recolher a gosma estraçalhada no chão da minha mente.

Ao menos o meu peito permanece intacto.

Amor é quando eu não digo nada,
você não diz nada,
e nossos olhos se encontram em meio à multidão.

É nessa hora que você costuma baixar o rosto.
Sente vergonha.
Não quer mostrar o vermelho da pele.
Quer que eu não perceba sua falta de jeito.

Amor é quando escondemos nossa timidez,
mas não temos medo de mostrar os defeitos.

Eu dividi contigo a timidez das primeiras conversas,
os sábados à tarde caminhando na praça,
as madrugadas de Netflix no seu sofá,
e vinhos tintos baratos a ponto de não acusar, no rótulo,
o uso da uva.

Livros,
poemas,
aquele casaco surrado que você dizia caber perfeitamente no
seu corpo
e memes de cachorros filhotes caindo escada abaixo.

Tudo friamente calculado
para me dar a coragem necessária
para, finalmente, dividir
o coração.

♪ (MUMFORD & SONS – I WILL WAIT)

I came home
Like a stone
And I fell heavy into your arms
These days of dust
Which we've known
Will blow away with this new sun

A sensação de perceber o cheiro de café passado na hora entrando pelo nariz. Fazia tempo que eu não sentia isso. Dois anos, para ser um pouco mais preciso. Quer dizer, eu sentia, mas não percebia o tamanho da importância disso na minha vida.

O gosto é de vida nova nascendo de dentro para fora. Eu passei por muitas noites frias e muitas manhãs em lavanderias na tentativa de tirar lembranças impregnadas nas minhas roupas. Dias e mais dias esperando a madrugada passar com pressa para o tempo se adiantar também.

As coisas são um pouco diferentes agora.

A nostalgia de caminhar por aí com uma cuia de chimarrão na mão e uma térmica com água quente embaixo do braço. É isso o que eu sinto quando te vejo sorrir e me lembro do tempo em que eu tinha quinze ou dezesseis anos, passando frio na Serra Gaúcha e sem vontade alguma de que o inverno chegasse ao fim. As ruas cheias, a cabeça entrando em um transe bom com um monte de coisas para ver. Poucas feridas na pele. Que remédio-mertiolate-anestesia você tem que faz com que meus poros se acalmem assim?

Lembro-me dos protestos de 2013, sensação de liberdade. O povo na rua como se nunca estivesse, ao mesmo tempo, tão feliz e tão indignado. Marcas de tinta nos rostos. A situação do Brasil pedia revolta, os corpos pediam vida. Um pouco dos dois misturados naquele momento. Foi justamente o que eu senti quando você me fez tragar pela primeira vez.

Você me coloca pra cima sem mover um dedo.

Qual o seu segredo?

Numa terça-feira dessas a gente marca de ir a um japonês. Eu sugiro um vinho, você me diz que cerveja gelada é melhor nesses casos. Sempre cevada, né? Gosto disso.

Um gole abaixo. Direto do bule e sem açúcar. Garganta adentro, para esquentar o corpo logo pela manhã. Não sinto dificuldades de levantar da cama, mesmo que a temperatura lá fora berre para que eu invente uma pneumonia para não ir ao escritório.

Para onde eu vou, afinal? Para onde nós vamos?

Tanto faz agora.

O importante é me sentir vivo para as coisas que fazem bem depois de tanto tempo – do seu lado.

(THE LUMINEERS – NOBODY KNOWS)

O que você sente quando percebe as chaves baterem umas nas outras depois de caírem na cômoda do quarto?

Eu pergunto isso porque o arrastado da sua voz acusa que você vem de longe, de um lugar onde as pessoas não batem o pé para implorar ao tempo que não passe, feito as pessoas daqui.

Eu já fui muito assim. As solas dos meus tênis chegavam a ficar gastas por que eu insistia em tentar cavoucar alguma coisa no chão na esperança de que os ponteiros mudassem de rota. Tênis não, sapatênis. E você acredita que tiravam sarro de mim todas as manhãs no escritório por não saber escolher entre um e outro? Nunca soube. Sempre gostei do meio-termo.

Eu percebi essas marcas em você logo após ter te conhecido, apesar de só ter me dado conta agora. Carregamos um monte de bagagens pesadas conosco, e não tem como deixá-las pelo caminho. Antes tivesse um modo, mas não adianta, seria o mesmo que deixar um dos membros para trás. Aos poucos, vamos nos perdendo por iniciativa própria. Por que se deixar por aí se teremos que nos esquecer também?

Eu já me tranquei em muitos passados, até me dar conta de que tudo era parte de mim e precisava da liberdade suficiente para respirar. Oxigenar as emoções – sobretudo as dolorosas – foi uma das maneiras mais eficazes que arrumei para crescer, por mais que permaneça um moleque de vinte e poucos anos que não sabe o que fazer quando terminar a faculdade.

Foi num fim de semana de inverno que eu te conheci. Sábado ou domingo, tanto faz. Para mim, o que menos importava naquele momento era a hora em que o mundo girava. Tarde para alguns, cedo para outros. Eu não sabia exatamente o que aquilo tudo significava, estava em vias de ressurreição. E a coisa mais precisa que eu percebi em você foi o modo com que as solas do seu calçado estalavam com força na superfície de concreto embaixo dos nossos pés.

Essa é a sétima cerveja que tomamos, terceira vez aqui. Nós repetimos sempre os mesmos ritos, já percebeu? A mesma mesa, o mesmo TOC chato de esfregar os olhos quando começa a esfriar. Não muito diferente, mas ainda assim como se fosse a primeira vez.

Espírito Santo, eu acho. Tá marcado no seu rosto que você nasceu em uma realidade diferente da que eu vivo. Dois mundos diferentes se encontrando. Será que a gente colide ou arruma uma valsa para dançar?

Você, do extremo leste.

Eu, um pouco mais ao sul.

Sigo versando sobre isso tudo porque não é muito diferente do que o que eu sinto quando arranco os tênis dos pés e deito as costas na cama, ainda que minhas pernas permaneçam sentadas na borda. O silêncio que permanece intacto enquanto eu olho o lustre no teto me diz algumas coisas, mas eu guardo todas comigo.

Não tenho cômoda. Meu apartamento é pequeno demais para tanta coisa.

Mas tem sido mais bonito.

Obrigado por isso, independentemente do barulho que o seu metal faça no atrito com a madeira.

Você me leu com os olhos
como se as páginas do meu peito
estivessem escancaradas à sua frente.

Sorriu e não me disse nada,
por mais que eu tenha perguntado.

Nesse momento, você conheceu mais de mim
do que eu provavelmente conhecerei em toda a minha vida.

Uns três goles a mais
e eu juro ter certeza
do que sinto por você.

♪ (SAM SMITH – TOO GOOD AT GOODBYES)

Você não me amou como eu te amei quando coloquei minha mão sobre a sua, amou? Eu penso sobre isso porque o mundo que eu enxergo é completamente diferente daquele que os seus olhos veem.

Um olhar para baixo, outro suspiro profundo para fazer o tempo passar com uma calma diferente das outras vezes. Uma das frases mais bonitas que você já me disse contava sobre a vez em que alguém chegou tão perto de você ao ponto de fazer seu coração sabotar a sua mente.

Talvez você tenha me amado mais e eu esteja errado.

Sei que é cruel, mas eu trabalho com a possibilidade de você ir embora. Acordar em um domingo de sol, pedir licença para ir à padaria e nunca mais voltar. Eu vou te esperar, por mais que eu saiba que é em vão. Permanecerei aqui, pensando em como as coisas são agora.

Amores permanecem para sempre, por mais que insistam em se despedir. Ou por mais que nunca se despeçam e, mesmo assim, vão embora.

Nós já saímos para beber algumas vezes e você conhece mais sobre mim do que a maioria das pessoas que eu encontro por aí. No escritório, na universidade, nos almoços de família. Eles sabem o raso, não existe profundidade. Eu não costumo abrir as frestas que escondem o que me habita, mas abri para você.

Eu me dei conta disso quando demos nosso primeiro beijo, rápido e afobado, porque nenhum dos dois queria mostrar que foi proposital. "A bebida", eu disse. "A bebida", você concordou. Naquele exato instante, na frente de um bar meia-boca, num canto escondido dos Jardins, eu percebi que as janelas da minha existência haviam se escancarado.

Temos o costume idiota de sempre achar que amamos mais que o outro, né? Eu falo isso por mim mesmo, e pelas coisas que percebo. Não tem a ver com intensidade; no máximo com modos diferentes. Você pode me amar na carne, eu posso te amar no peito. Por que um dos dois precisa ser melhor?

Você parece ser uma das poucas pessoas que concordam comigo quando digo isso. Por favor, não condene meu pensamento covarde de imaginar você partindo em um fim de tarde de sábado, logo depois de eu colocar o vinho na geladeira – porque você não gosta de temperatura ambiente. Você não me condenaria, eu sei, e essa é uma das suas características mais encantadoras.

Eu nunca disse que te amo, por mais que meu peito saiba que você já percebeu. Isso me assusta. Eu sempre tenho medo de me doar demais a alguém a ponto de a pessoa sentir o peso da responsabilidade de ter nas mãos o coração de alguém. Geralmente vão embora, partem antes de entender o que de fato está acontecendo ali.

Eu tenho espasmos de saudade de um tempo em que as coisas eram completas de um modo diferente. Não penso em voltar atrás, não movo os olhos para enxergar melhor o que já aconteceu. Me ajuda a manter a atenção focada no modo como as minhas mãos tocam nas suas quando saímos para caminhar numa praça vazia numa madrugada de quarta-feira?

Talvez você fique.

Talvez vá embora pelo mesmo medo de se ferir amanhã de manhã.

Eu não sei qual o exato momento em que me permiti sabotar a mim mesmo.

O medo de te perder
faz o barulho de uma bateria,
por mais que eu não te tenha de verdade.

♪ (SAM SMITH – STAY WITH ME)

Why am I so emotional?
No, it's not a good look
Gain some self-control
And deep down, I know this never works
But you can lay with me so it doesn't hurt

— Um mochilão pelo Chile.

— O quê?

— A gente podia fazer. Você não acha?

— Acho.

* * *

— Por que Chile?

— É mais perto e mais barato.

— E frio.

— Eu gosto.

* * *

— Qual o seu lugar preferido no mundo?

— A Inglaterra. Por conta da rainha e dos homens fardados até quase não conseguir respirar.

— Como assim?

— Eu gosto da monarquia. Me sinto mais segura quando sei que alguém nasceu e cresceu sendo instruído para governar.

— Mas e o parlamento?

— Eu sei. Mas eu gosto da ilusão.

— Gosto de você.

* * *

— Eu preciso comprar malas novas.

— Eu preciso me adaptar à ideia de ir passar frio em um lugar novo.

— Para de bobagem.

— Tem você, eu vou.

— Por mim? Se eu te convidasse para pular da ponte você iria também?

— Se você não me fizesse saltar e parasse de correr na última hora.

— Eu não te deixaria cair de cabeça em algo sozinho.

— Não deixaria?

* * *

— No Chile tem uns vinhos bons, me disseram. Provei um num jantar, tempos atrás. Cabernet, escuro feito o céu em noite nublada.

— E a cerveja?

— A gente muda, dessa vez.

— Você não tem cara de quem gosta de vinho.

* * *

— Mudar faz bem.

— Faz, sim.

* * *

— Me muda?

— Como assim?

— Me muda para eu me tornar alguém melhor. Diz que eu preciso ser um pouco menos teimoso e dar mais atenção ao que realmente importa.

— Teime menos.

* * *

— Melhor agora?

* * *

— Me faz alguém melhor, também.

— Gosto de você assim.

— Sempre dá para ser melhor.

— Verdade. Você poderia gostar um pouco mais de calor.

— Sem chance.

— Por quê?

— A vida já queima a gente demais.

* * *

— Também preciso de uma mala. Se não, sem Chile e sem vinho.

— A gente compra no aeroporto antes de embarcar. Depois, preenchemos os vazios estando juntos.

♪ (LIONEL RICHIE – HELLO)

Você pareceu gostar de mim.
Percebi quando sorriu e baixou os olhos,
como quem não quer se despedir.
Não me disse o que batia aí dentro,
mas parecia mais sincero do que o afeto
que eu um dia já tive pelas coisas que sentia.

Amor de verdade
não
depende
de palavras.

Assim mesmo,
com ênfase na falta de necessidade.

O que você tem
que eu não tenho?

O que eu tenho
que você não tem?

Numa tarde de setembro,
você elencou mentalmente
cinquenta coisas que te fizeram gostar de mim.

Uma amiga sua me contou.

Por onde posso começar a lista de motivos que me fazem estar aqui?

Eu escrevo sobre você, mesmo quando escrevo sobre outras pessoas.
Encaixo os nossos "quase"
para escrever as dores dos outros.
Encaixo cada detalhe nosso
nos momentos felizes que vomito por aí.

Você não me disse.
Nunca me disse.
Assim como eu também nunca tomei coragem de colocar para fora quando estava na sua frente.

Mas você sorriu e baixou os olhos.
Eu senti uma furiosa e aguda pontada ferindo o meu peito.

Um oposto.
Outro.
E a gente se complementa
nos detalhes.

(LIFEHOUSE – EVERYTHING)

Eu procuro e não encontro. Talvez esteja olhando no grosso de nós dois, para não encontrar algo que faça sentido e explique o que eu sinto por você. Sem muitos detalhes no meu campo de visão. Nós não temos quase nada em comum, com exceção da cerveja gelada, já percebeu?

As lembranças são as únicas coisas que permanecerão, quer você fique ou vá embora. Um dia vamos nos lembrar disso ao vermos uma criancinha de cabelo escuro sorrindo apenas de fralda no tapete felpudo da sala. Você não chegaria tão perto por conta da alergia, nós dois riríamos. Rir é melhor que se lamentar e implorar para o mundo explodir, você me diz.

Eu concordo.

Ou então serei apenas eu mesmo. Quando me despejarem de casa e roubarem meu casaco em um inverno gelado em meio à Avenida Paulista, vai sobrar um corpo em carcaça sentindo frio, desabrigado e lembrando de tudo. Ainda não vai haver motivo, mas sobrará alguma coisa.

Talvez eu vá embora.

Pensar nisso é absurdamente mais cruel, ao menos para mim. É estranho cogitar a possibilidade de deixar tudo assim, pelo caminho, se esparramando pelas ruas da cidade e descendo pelas valetas depois da primeira chuva. Quando o céu abre, vem o sol. O próprio movimento das nuvens acusa a sua vinda.

Mas não acontece o mesmo quando o tempo ameaça fechar.

É tudo rápido, de uma vez só.

Você me ganhou quando falou dos filmes que eu nunca vi e me obrigou a assisti-los. Quando me mostrou as músicas que ouvia e eu fiz cara feia, você deu de ombros e aumentou o volume nos fones. Queria me provocar, queria alimentar uma raiva passageira que me fizesse sorrir logo depois.

Queria me fazer olhar o mundo de um modo novo, mas eu sou cabeça dura demais.

Um copo cheio e nos tornamos mais semelhantes.

Alguma coisa no seu olho me parece familiar.

Eu não precisaria te ver para gostar de você.

Às vezes, os opostos se atraem. Às vezes, se repelem. Noutras, permanecem.

Um dia eu descubro onde a gente vai dar.

As lembranças são as únicas coisas que permanecerão, você ficando ou indo embora.

(IMAGINE DRAGONS – DEMONS)

Talvez um gole anestesie
o que pinica aí dentro.
Uma hora essa sensação chata há de cessar.

Eu percebi nos últimos dias que as coisas não pareciam calmas aí. Você sente medo, não sente?

A agonia da espera
se mistura com a felicidade,
e você não sabe exatamente onde as coisas vão dar.
Sabe?

Eu passei por momentos assim na noite passada. Temos o costume de colocar os fatos no passado para dizermos para o outro que já superamos os traumas, mas não é bem assim.

Um abraço, quer?
Resolveu para mim na última vez.
Foi quando você me segurou nos braços, logo depois
de me tirar do chão.

Demônios particulares habitam partes escondidas e conhecidas dos nossos corpos.
É difícil encarar.

Um mergulho mais fundo do que já demos
às misérias que não sabemos existir.

Revirar o próprio peito a fundo ressuscita partes
dolorosas de nós mesmos.
Dá até para entender porque a mente fez questão de esquecer.

Mas tudo vai embora depois que a gente coloca para fora.

Eu permaneço aqui se você precisar.
Peço desculpas se não segurar a agonia e vomitar tudo o que eu tenho passado em cima de você.

É que você me acalma.

No trabalho,
na universidade,
na fila do supermercado quando roubam o meu lugar.
E eu sinto uma raiva absurda.

Na maioria dos momentos.
Até naqueles em que não há você.

Pinica.
Incomoda.
Dá uma agonia aguda que é difícil controlar.
Mas compartilhar alguma coisa com você é o suficiente para acalmar tudo aqui dentro.

♪ (MHARESSA – PONTOS NO PAPEL)

As fotos da viagem que você fez à América do Norte mexem comigo. Eu estive pensando sobre isso resgatando as memórias na tela do meu celular enquanto esperava você voltar.

"Primeiro eu tomo banho, depois, arrumo o cabelo e passo uma maquiagem no rosto para amenizar as partes que eu não gosto em mim. É rápido, eu prometo. Você pode ficar no sofá."

E eu fiquei.

Aqui era verão. Do lado de lá do mundo era inverno, e você de manga curta. Eu fico versando com os móveis da sua sala sobre as coisas que você sentiu quando o avião pousou. Como é estar mais ao norte que ao sul? Dá a sensação de estar em cima de tudo, um controle ilusório de que se pode ser o que quiser? Eu tenho a impressão de que sim, não sei porquê. E olha que eu nunca saí do país.

As coisas são engraçadas para mim. Num sábado à noite enchendo a cara, no domingo seguinte encontrando você. Eu passei o dia inteiro parecendo um zumbi até esbarrar em você e gostar do seu jeito.

Você costuma passar os fins de semana entre livros e séries. Eu dava logo um jeito de colocar mais álcool para dentro do que o meu corpo era capaz de suportar. Mas as coisas mudam com o tempo.

Seus sonhos estão rabiscados nas paredes da sala. Quer dizer, eu sei disso porque você me contou sobre eles. Mas fica na cara. Os lugares que você viajou, o pote abarrotado de moedas e notas de dois para a próxima vez que você cruzar o oceano...

Me leva com você?

Eu tenho pensado em uma coisa legal para fazer com você. Talvez uma quinta-feira à noite, lá em casa, com uma pizza grande e vinho pra dois. Um filme depois, para ter uma desculpa de te manter em mim no canto do sofá, mesmo sendo dia útil.

Seu pescoço no meu ombro. Sua nuca tocando o meu rosto. Minha mão passando calmamente pelo contorno dos seus braços. Nada de extraordinário além disso. Só para restar um motivo para te acordar já na madrugada dizendo que pegamos no sono. Mas você não precisa se mexer se não quiser.

A gente come o que sobrou no café da manhã e eu espero você se arrumar. Olho as fotos, sorrio para mim mesmo no pequeno pedaço de espelho da estante da tevê.

Verão aqui dentro.

E a sensação que eu tenho é de que meu peito tem o poder de voar e de ser o que quiser.

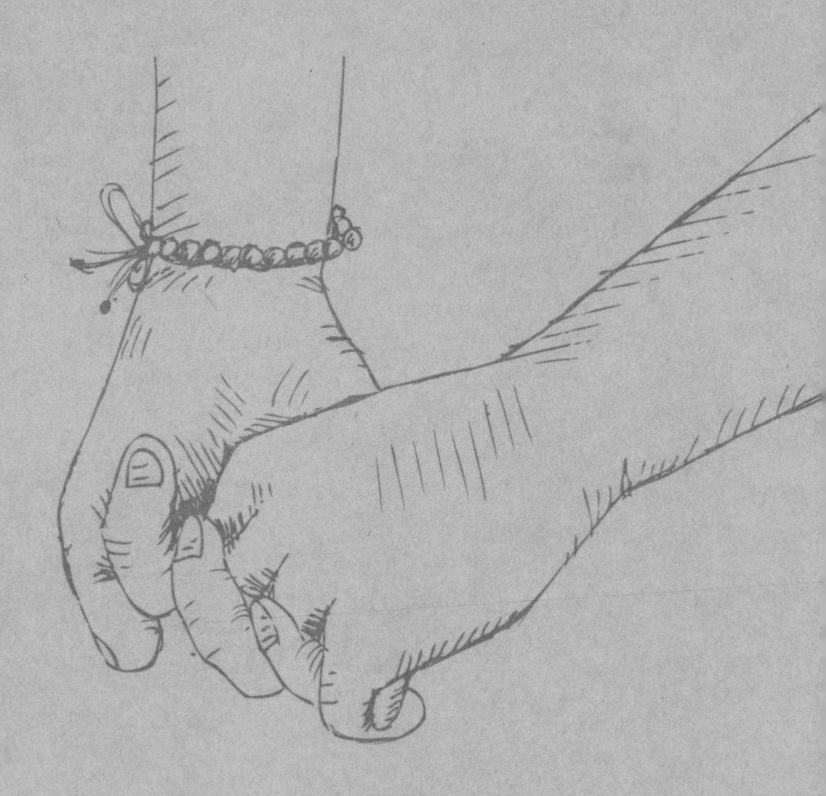

O ponto focal da minha bússola
mudou de direção depois de você.
Não existe mais norte geográfico
se ele não for o mesmo caminho
que leva para a sua casa.

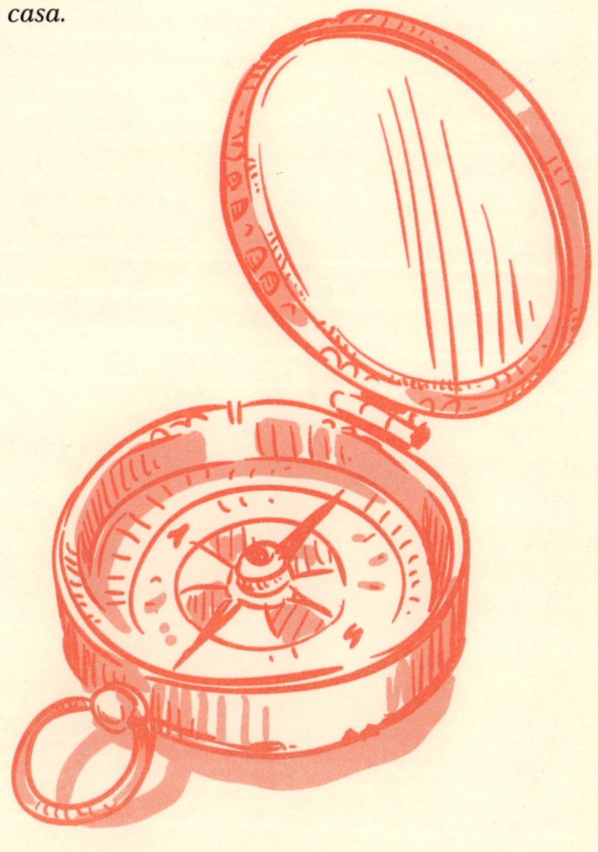

Você coloca a ponta dos dedos nas minhas feridas.
Diz que entende a dor.
E entende.
Mas não quer acabar com as cicatrizes,
porque diz que elas me fazem crescer.

(AUSTIN BASHAM – SOUNDS LIKE HELP)

Paz foi o sentimento predominante durante aqueles dias. De vez em quando a falta chegava, perfurando o meu tórax com uma força desumana. Mas era passageiro. Não foi a melhor coisa que me aconteceu na vida, mas foi necessário.

Eu me sinto desconfortável por falar disso, mas você não entende o porquê de isso não fazer sentido para mim. Primeiro era ela, depois veio o tempo tirando o pus dos ferimentos e, agora, é você que me habita.

Eu te amo.

E te conto que a amei.

Você sorri.

Quando nós decidimos romper com tudo, ela me mandou um texto enorme que me fez soluçar a noite inteira. Eu só pedi desculpas. Virei de um lado para o outro na cama durante a madrugada enquanto os meus músculos berravam para que meu cérebro não deixasse aquilo acontecer.

Passou na manhã seguinte.

Quatro dias depois, nós estávamos conversando de novo. Não era a mesma coisa. Tampouco era para colocar um fim. Éramos velhos e já desconhecidos amigos comentando sobre as promoções do supermercado e sobre como a gasolina tem aumentado de valor todas as semanas. Você viu? Eu vi. E fim de história.

Nós terminamos o contato em meio a uma conversa vazia sobre a realidade do Brasil.

Eu não tive tempo de contar que fui bem nas provas da faculdade ou que tinham contratado alguém novo no trabalho. Ao mesmo tempo, nunca soube qual o sexo do filho que a prima dela esperava. E isso foi o que mais doeu: ter que observar tudo de longe, sem saber o que acontecia ali.

Eu sofri em intervalos espaçados por um tempo considerável. Era a primeira vez em muito tempo que eu tinha paz, sim. Não precisava me preocupar com a hora que eu ia chegar em casa, porque não precisava mais dar satisfação a ninguém. Ao mesmo tempo, eu gostava de como tudo era. E o vazio doía.

Foi um tempo, ao mesmo tempo, feliz e sufocante. E essa é uma das coisas que mais me impressiona em você: o apoio que você me dá para colocar tudo para fora. Com ela, não existiam outras, nem um passado que fizesse sentido e nos edificasse. Com você, ela é evidente. E passado.

Eu te amo.

E também a amei por bastante tempo.

Mas passou. E você entende isso.

Eu só consigo perceber isso porque você me incentiva a encarar tudo, do que restou de bom ao que ainda me assusta.

Antes que eu mesmo pudesse compreender, você entendeu que nós não seríamos nada se eu não encarasse os fantasmas que me atormentam durante a noite. Nem se você não encarasse.

Passados unidos servem para construir presentes mais sólidos, não servem? Os meus fantasmas têm parado.

Perdê-la não foi a melhor coisa que me aconteceu, mas foi necessário.

Talvez te encontrar tenha sido.

♪ (NORWAY - ON THE HUNT IN ALNES)

Em algum canto escondido do quarto, você me ouviu berrar seu nome. Eu precisava de ajuda. A sensação era de habitar um corpo vazio, sem alma ou órgãos. Pele sobre os ossos para cobrir as cavidades e nada mais.

Coração para quê?

Duas da manhã e eu pensando em cada parte de mim que é incompleta. Perguntei por você porque eu precisava sentir que as coisas poderiam ser preenchidas de alguma forma, mas ninguém me ouviu. Quem me ouviria no vazio de um apartamento onde não mora mais ninguém além deste que escreve? Existem partes de mim mesmo que não dizem respeito a você.

Eu em um lugar da Terra, você em outro completamente diferente. Detalhes são puro capricho se não damos a atenção devida a eles, já percebeu? O pequeno e o singelo se fazem gigantes quando me dou conta de que o mundo é muito maior do que o que os meus olhos alcançam. Não conheço o planeta, nunca o conhecerei por completo. E saber disso é só um estímulo extra para que eu feche a minha mente na sua existência.

E a minha, como fica?

Colocar o outro na frente de tudo é perigoso. Eu sei disso, não preciso que você me avise. Não é isso o que eu tenho feito e essa culpa não precisa cair sobre os meus ombros. É só um pouco de falta de abrigo. Volta e meia, quando eu passo as madrugadas sozinho, a sensação que eu tenho é de que o vazio do meu corpo vai sair pela minha boca em um vômito involuntário que não deixa gosto azedo impregnado na língua.

Tenho certeza de que você também já se sentiu assim. Quando o deserto dentro de você se torna grande ao ponto de enxergar as próprias tempestades de areia de longe, alguma coisa precisa acontecer. Por bem ou por mal.

A ansiedade é a praga do nosso século e, às vezes, eu me sinto imune. Pobre criança ignorante ao ponto de não conhecer a si mesma para pensar uma baboseira dessas. Uma hora a gente tateia os próprios pensamentos e se descobre, não descobre? Ou encontra o vazio em um espaço em que nada habita.

Às vezes, eu me encontro, às vezes, me deixo ecoar nos espaços de mim mesmo que você não pode preencher. Você não me ouviu de verdade porque eu não permiti que uma sílaba saísse quando berrei o seu nome; mas, mesmo assim, você me ligou. Como você sabia disso? Vai ver meu anjo da guarda cutucou o seu...

"Você tem coração pra quê?", foi o que você me perguntou.

E foi o suficiente para que alguma artéria interna me alimentasse ali dentro. Por conta própria. Sem precisar de você, mesmo necessitando disso para me dar conta de que o vazio já é alguma coisa e também se basta.

♪ (GABRIELLE APLIN – HOME)

Você tem certeza do que está dizendo ou isso tudo é porque você se acostumou com o meu toque? Eu pergunto isso porque sei que o seu peito faz barulho quando a minha mão encontra a sua, lisa e confortável. O costume é tanto que, às vezes, confundimos conforto com afeto, já percebeu?

Eu ainda vou chorar muito por você, tenho certeza disso. Seja num domingo à noite, com uma garrafa de vinho pela metade e o cachorro, que adotei para sentir menos falta de você, sentado comigo no sofá; seja porque você demorou para chegar da casa dos seus pais e não me avisou que se atrasaria. Me liga para dizer que está tudo bem? Nos dois casos vai doer, mas eu sei que vai fazer sentido para o meu peito em algum momento posterior.

Ninguém nos avisa que amar faz a pele arder e o peito dilatar em agonia, quer as coisas deem certo, quer não. Contos de fada não duram muitos dias na vida real; amor é o que sobra ou se vai quando eles terminam. Será que o nosso conto acabou e o amor foi maior que o resto ou será que estamos perto de acabar?

Eu te toco e percebo que o encontro da sua mão na minha não termina em suor. Andar com os dedos entrelaçados na rua é tão bonito quanto brega. Não sei se, daqui a alguns meses, teremos coragem de sair por aí assim ou se existirão outros dias além desses. Pensamento egoísta, eu sei. Mas sinto uma série de sensações diferentes colidindo contra o meu peito com a força de um gerador de energia. Impulsiona e dá vida, mas faz tremer de cima a baixo.

Receio, eu acho.

Perguntei se você tem certeza, porque eu digo a mesma coisa e nunca parei para pensar direito em tudo que isso significa. Eu te amo para cá, eu te amo para lá e um monte de gente se perdendo pelo caminho por aí. Comecei a chorar agora porque nunca nos ensinaram a esperar até que as coisas acontecessem de verdade. É tudo sempre por antecipação, sobretudo o sofrimento.

Me antecipo, te antecipo em mim e sinto um medo enorme de que, dessa vez, a princesa pode resolver não beijar o sapo, e seja o nosso fim.

Me beija, nem que seja a última vez?

Te beijo de volta. E espero para entender o que fica depois que as fadas resolverem voar para longe sem realizar nossos desejos.

Amor é o que sobra
ou se vai
depois que o conto de fadas
termina.

♪ (AUSTIN BASHAM – FOREIGN TOWN)

E se tudo o que temos for, na verdade, um sentimento barato que habita a linha tênue entre o apego e a necessidade? Eu acho que te amo, você acha o mesmo, mas não existe nada no todo que prove que isso não passa de ilusão.

Pessimismo idiota o meu. Desculpa.

Eu precisei parar e pensar nisso para que minha cabeça não enlouquecesse. Um pé cravado atrás por dia e eu não sei mais onde vamos parar. A sorte é que confabulo isso na minha própria mente; então, você nunca vai precisar que eu explique que o pessimismo tem um quê de receio.

Te quero comigo.

Te quero aqui.

Mas será que a gente se precisa?

Eu sei que as minhas noites de quinta-feira não são geladas com você, porque tenho um ombro para escorar a cabeça quando o meu corpo inteiro já está coberto. Nas ruas da cidade que eu fotografo: se não fosse você, provavelmente eu mandaria os recortes da realidade para a minha mãe e receberia um emoji sorrindo de volta. Você problematiza os retratos, eu problematizo a gente. Preciso de você para isso.

Mas e para o resto?

Eu tenho certeza de que te amo, poxa. Mas isso é suficiente para determinar o que somos? Existe um bando de pessoas se amando por aí sem se olhar na cara, porque amor não exige contato, o desejo é que precisa dele. Basta eu olhar para o amontoado de feridas que cultivei na vida e eu desacredito de tudo, até mesmo de você. Você acredita?

Um dia vamos abrigar tanto amor no peito que não vai haver a necessidade de tentar convencer o cérebro disso.

Até lá, a corda é bamba e eu argumento. Enquanto você cria raiz no meu peito, eu tento projetar o futuro para saber se te encontro de novo ou te deixo em casa pela última vez depois de mais um jantar.

E se eu só estiver apegado a você?

Um dia vai ser amor
a ponto de o coração não precisar
convencer o cérebro disso.

Até lá, eu argumento.

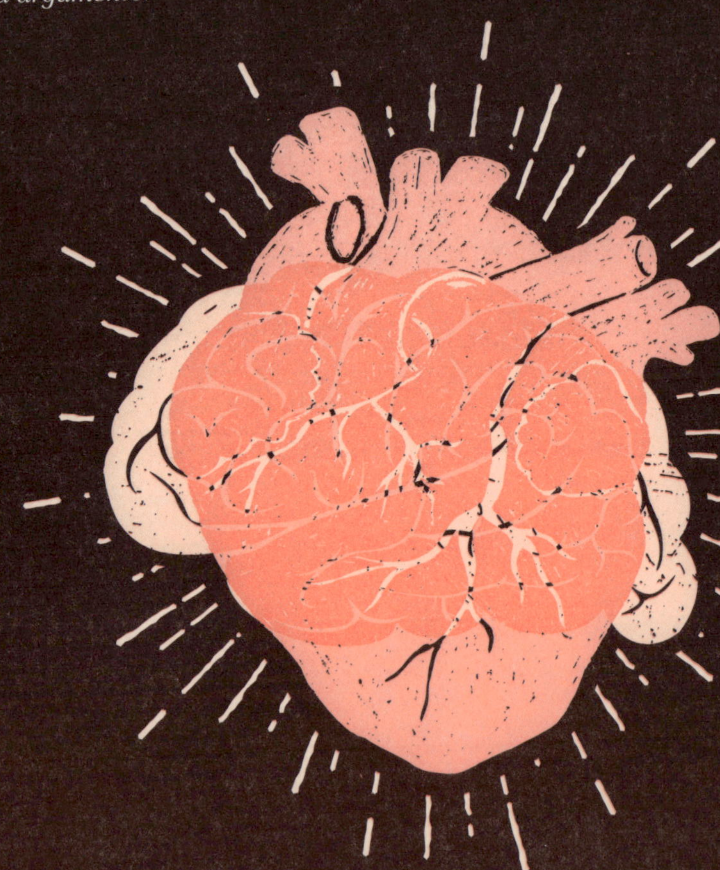

♪ (TWENTY ONE PILOTS – RIDE)

A psicanálise não tenta explicar o que não tem razão científica. Ao menos não nesse caso. Talvez seu peito tenha atraído o meu em uma lei física que eu nunca entendi nos meus tempos de ensino médio. Vai ver foi preenchimento de espaços. Eu habitando os intervalos vazios do seu peito e o seu afeto ganhando contornos em mim.

Pessoas se encontram todos os dias. Umas ficam, outras não fazem tanta questão. Milhares e milhares passaram e não pediram meu nome antes de você. Seu peito se preocupou em conhecer os demônios do meu. Eu calço quarenta e um. Você quis saber. Não entendi muito bem, até te ver sorrir e perceber que nossos detalhes se esquentariam bem embaixo das cobertas no sofá da sala.

Eu tenho lido Freud. Difícil para cachorro entender tudo, já tentou? Eu não consegui passar da quarta página, com alguma lembrança vaga na mente do que havia lido nas anteriores. Me senti ignorante, mas algumas coisas não foram feitas para entrar no nosso campo de entendimento.

Nem da psicanálise.

Teorias e mais teorias para entender os quatro segundos em que, em uma terça-feira à tarde, meu coração ficou sem bater. Não caí ao chão desacordado, mas foi quase. Quando me dei conta, eu só mexi o rosto rápido feito quem acorda de um lapso cinematográfico de memória e permaneci assim. Não sei se o limitado intelecto humano ousaria tentar explicar o efeito que você causa na minha sanidade.

Sábado, fim do dia, na praça com um chimarrão. Frio pra burro e a água nos esquentando. Água ou afeto? Te sirvo mais um e digo que o líquido está acabando na térmica. “Deixa que termine”, me disse. Sorri. Algumas coisas não precisam durar para sempre. Pergunto se vamos durar. “Não sei”, é a resposta. Mas a gente tenta reabastecer o afeto, se faltar.

Acabou de acontecer outra vez. Quatro segundos de pausa sem que as artérias bombeassem meu peito. Já percebeu que alguns intervalos de morte fazem com que a gente se sinta mais vivo? Quando cessou, as coisas bateram mais rápido que o normal aqui dentro.

Te olho.

Te vejo.

Te encaro.

E espero que o meu peito pare mais algumas vezes para ter uma certeza, ainda que fajuta, de que não passará dessa vez.

A psicanálise não tenta explicar o que não tem razão científica. Não com a gente.

Eu não preciso de você.

Esse desprendimento
me permite te deixar
habitar
em mim
sem que o sentimento seja nocivo.

(THE LUMINEERS – THE BALLAD OF CLEOPATRA)

Eu costumo atar as minhas mãos tempo demais até que finalmente me liberto e tomo coragem para dar o primeiro passo. Um por vez, com a calma necessária. Amor veloz demais acaba atropelando duas pessoas depois de uns dias, pelo menos psicologicamente. Pode demorar uma vida ou acontecer depois do mísero intervalo de uma semana.

Pressa para quê? “Para não se prender em si”, você me diz.

Eu sempre encarei os relacionamentos humanos sob duas perspectivas: os que são obrigação e os que escolhemos ter conosco. Você não me parece se moldar a nenhum dos dois.

Antes de mais nada, eu esbarrei em você. Não te queria ali, mas passei a querer depois. De início foi desejo de segurar uma mão diferente daquela que eu costumava ter entre os dedos. Pensei que seria diferente, que um mundo se abriria na frente dos meus olhos em prismas de cores novas, que minha retina parecia não enxergar antes. Mas foi normal, como se o encaixe fosse o mesmo e só mudasse o tamanho dos dedos.

Isso foi um balde de água fria na minha cabeça.

Com o passar dos dias, os seus traços foram se tornando mais familiares. Eu poderia ter corrido quando percebi o seu nome sendo tatuado aqui dentro, mas preferi não o fazer. Um homem de verdade pega suas armas e enfrenta o que tiver que enfrentar para amar, não enfrenta? Guerra dolorosa contra si mesmo para sentir alguma coisa bonita que justifique a existência.

Te prendi mais do que gostaria nesse processo, não prendi? Mas você parecia gostar de mim, assim como eu gostava de você.

Me segurei enquanto me entregava nas suas mãos, me recolhi depois de deixar os seus dedos tocarem a minha nuca em um abraço apertado na garagem da sua casa.

Um passo de cada vez, ainda que com mais pressa que o normal.

Eu costumo atar minha vida por mais tempo que as outras pessoas antes de me desatar para alguém. Você chegou e perguntou se eu queria ajuda para desfazer os nós. Disse que sim. Te perguntei o porquê da ajuda quando você não precisaria me esperar.

"Para não me prender", você me disse.

Em quê?

Em mim e na vontade, só na vontade, de viver.

Me desata
e ata em ti.
Para que eu permaneça
e seja
alguém completamente diferente
do que fui.

♪ (TOM LEEB – ARE WE TOO LATE)

Nem tudo é romântico, já percebeu?

As cobertas jogadas sobre a cama começam a se tornar desconfortáveis depois de um tempo. Sobe um cheiro estranho. Os dias frios são só dias frios em que o nariz fica mais vermelho e a rinite incomoda. É preciso coçar o tempo inteiro para diminuir a irritação, enquanto se espera novamente por um dia de sol.

As chuvas de verão não são tão encantadoras assim, não quando molham a canela e as meias nos pés. Fica o cheiro de roupa molhada na lavanderia de casa depois que a gente chega e deixa os tênis encharcados para o lado de fora. Um sorriso aqui, um pouco mais de praticidade ali. Rimos de tudo ainda, mas não é o cenário ideal.

É assim com todo mundo, né?

Os momentos especiais passam a mudar. Os restaurantes caros e lotados no centro da cidade já não falam mais da gente. Uma vez eu te disse que tinha um café na rua principal que era legal de se frequentar porque acabávamos conhecendo todos os futuros casais da cidade. Hoje vale mais requentar o almoço para comer enquanto passa alguma coisa da Netflix na tevê da sala. Eu mexendo as panelas, você pegando os talheres. No meio de tudo, olho nos seus olhos e beijo a sua testa.

O mundo não é perfeito como parecia no início, percebeu? Eu até me arrisco a dizer que o amor está justamente na capacidade de sentir a mesma coisa por alguém, apesar de todos os defeitos.

O universo não perde a cor. Os olhos do outro não permitiriam que isso acontecesse. No entanto, ele volta a mostrar por que o sentimento é tão importante no meio de tudo.

Amor é quando eu te ligo no meio da tarde e digo que vou pegar uma lasanha congelada no supermercado porque é fim de mês e não vai sobrar grana para a pizza sem comprometer o orçamento. É quando trocamos o cinema de terça-feira por um programa qualquer na televisão da sala para economizar para a viagem de fim de ano. Sempre para a Serra, porque é mais barato. Mas basta.

A gente se basta.

Você faz cara feia quando eu deixo o seu café sem açúcar de propósito, mas não me odeia quando eu caio na gargalhada. E sorri, esperando a hora de dar o troco enquanto escuta jazz na minha frente, mesmo sabendo que eu detesto e nunca dancei contigo. E a cena se repete todas as semanas, como se você acreditasse que iria me mudar justo nisso.

Não é como no início, porque a vida faz questão de mostrar que existe um lado feio que não nasceu para ser romântico.

Mas o amor não é a parte bonita.

É o que, apesar de tudo, permanece.

Amor é quando eu te digo que o cinema vai ficar para a semana que vem porque a grana está curta

e você sorri.

♪ (TYLER HILTON – STAY)

Permanece mais um tempo.
Até que o vento trate de recolher as folhas
que se estocaram no canto do asfalto
depois do outono passado.

Ainda é inverno, faz frio.
Você sente saudade da sensação de liberdade
que é andar com as pernas descobertas nas ruas cinzas
da maior cidade desse caco de país?
Eu sinto.
Muito.

Se a prefeitura limpasse as ruas como gostaríamos que
limpasse,
não seria possível ver a beleza das folhas secas empilhadas
nas bordas das calçadas.

Se a gente cuidasse do próprio peito como manda que os
outros cuidem dos seus,
a vida não seria tão bonita.

Já se deu conta disso? Eu só me dei conta agora.

A dor tem um quê de beleza que chega a ser doentio tentar
explicar.

Eu já escrevi sobre ela em dois livros e
não dou jeito de deixar as coisas mais práticas.

Escrever sobre o amor chega a ser ainda mais complexo
para mim.

É clichê, eu sei,
mas existe um bando de gente a palmos de distância que
estão separadas umas das outras por anos-luz
e há tantas pessoas com oceanos
e países
e cidades incontáveis
de hiato físico
e que continuam tão perto
que eu não sei explicar direito essa contradição.

Eu verso sobre o mundo
e coisas desconexas
enquanto espero o seu chá ficar pronto
porque você detesta o café que eu faço.

Não é tão ruim assim, vai.

Você faz cara feia quando prova
e sorri logo depois.

O que eu mais posso querer além disso?
O que importa mais do que a falta de cuidado que eu tive
comigo
para me permitir encontrar você?

Permanece comigo
mais um intervalo interminável de tempo.

Se eu cuidasse do meu peito como peço que meus amigos
cuidem dos seus

não teria me permitido apaixonar-me
por você.

E olha que eu jurei ódio a quem odeia café
quando tinha doze anos
e uma xícara sem açúcar era a coisa mais preciosa da minha vida.

♪ (JAKE BUGG – SIMPLE AS THIS)

Você acha que o fim está mais próximo ou mais longe que o início?

Eu paro para pensar sobre isso quando resolvo contar os dias. Trezentos e vinte e oito dias desde que você tropeçou nos meus pés pela primeira vez. Daqui a pouco completa um ano e eu decido que é melhor parar de contar as minúcias. Ou, que é preferível viver todo novo dia como se fosse o primeiro, para não perder o gosto de descoberta.

Você não faz a menor ideia dos detalhes que eu registro para guardar em mim.

Mais um para a minha conta. Primeiro o sol brota no leste e te acorda pela manhã, entrando sem pedir licença pela persiana do seu apartamento. A volta completa no globo e o sumiço no oeste. Fim de mais um ciclo, hora de fazer tudo de novo outra vez.

Eu tenho medo de te perder num sábado à tarde quando você resolver pegar o carro para dar uma volta na beira do mar.

Eu tenho medo de me perder cada dia durante a semana em que preciso viajar a trabalho e chego em casa depois de anoitecer.

As coisas não são como no início, já se deu conta? Eu ainda te rabisco nas paredes do meu quarto para me lembrar todos os dias que me apaixonei pelo seu sorriso. Seus olhos permanecem com o mesmo brilho de antes e eu sei que as minhas bochechas ainda se aquecem e ficam rosadas por debaixo da barba. Nós só nos tornamos mais práticos.

Praticidade não é uma coisa necessariamente ruim, é?

Eu já sei que nossos sábados vão terminar com ambos deitados no sofá da sua sala e uma garrafa de vinho que não custa mais que trinta reais. Duas barras de chocolate para não deixar o álcool bater com tanta força e a gente sem saber se pega no sono ali ou vai para a cama antes de apagar na metade do filme.

Entre o nascer e o se esconder do sol acima dos nossos corpos é sempre o mesmo ciclo, nós dois ensinando ao peito que é preciso viver todos os dias como se fosse o primeiro.

Mas bate medo, sabe?

Rezo para que a gente consiga se reinventar a tempo, se um dia isso parar de nos fazer felizes.

♪ (TIAGO IORC – CATAFLOR)

Não sei dizer exatamente o que mudou dentro de mim do segundo em que eu te conheci até o que agora habita nossas vidas. Você percebeu que nem tudo é como costumava ser, né? É evidente ao extremo que, embora a carcaça continue a mesma, o ser que a preenche não tem mais tanto a ver com aquele que dominava os órgãos tempos atrás.

Uma vez me disseram que amar alguém mudava a gente
dos pés
à cabeça.

Demorou três anos até que eu te encontrasse e entendesse que isso não tinha nada a ver com o reflexo na frente do espelho.

Com exceção do sorriso, tudo permanece igual em mim. Os meus quilos a mais continuam ali, berrando para que a tal segunda-feira em que a dieta fosse começar seja a próxima. O meu joelho, coitado, continuou com as mesmas dores de sempre nos dias frios. As costas, doloridas, não receberam o toque de uma varinha mágica que consertasse os detalhes fora do lugar. Eu continuo apertando meu ego com as duas mãos para que os meus defeitos, aqueles mesmos que eu tinha antes de te conhecer, não saiam de mim e, com suas garras, atinjam alguém.

Ainda é difícil de segurar, às vezes, viu? Mas eu me esforço.

E talvez o esforço seja o mais palpável nesse processo.

A mudança correu pelas minhas veias, transformando meu modo de ver o mundo do lado de fora no exato instante em que o sangue entrou em contato com o meu coração.

Eu precisei evaporar aos poucos, trocando as prioridades e deixando de lado todos os domingos em que eu voltava para casa de manhã por conta da farra do sábado à noite. Conheci uns quadros renascentistas e comecei a escutar Iorc na volta do trabalho, juntando flor por flor que estava fincada na beira da calçada, para te ter mais tempo comigo.

Do lado de fora, tudo igual.

Nós percebemos que algo está diferente, mas você não mudou o mundo.

Só a parte de mim que importava de verdade.

Que meu peito
reencontre o seu
se a gente resolver se perder.

(HONEST MEN – ROSE)

Eu não quero te ver. Não hoje. As coisas não vão tão bem no escritório e a minha ignorância extrapolou qualquer limite humanamente aceitável.

Tudo bem que você quer me ajudar e eu sei que, de alguma forma, te enxergar chegando-ficando-indo-embora-duas-horas-depois vai acalmar os meus ânimos, mas eu preciso disso. A única forma de se livrar do estresse é entrando profundamente em si mesmo até encontrar a raiz do problema e expulsá-la para fora na base do esporro.

Todo o processo em silêncio.

Eu costumo permanecer quieto quando as coisas não vão bem. Para mim, estresse é precisar me manter só e digerindo tudo que me incomoda do lado de fora da porta do meu apartamento. Minha cabeça fica parecendo um vulcão prestes a entrar em erupção. Limpo os pés sempre que chego em casa e peço a Deus que a parte ruim permaneça do lado de fora, presa ao tapete; mas há dias em que meu peito faz questão de arrastar alguma coisa para o lado de dentro.

Nesses dias, eu vivo com a certeza de que as coisas estarão melhores amanhã.

Eu sei que não te avisei que isso poderia acontecer quando você chegou e perguntou se poderia cuidar um pouco do meu coração, mas, às vezes, os meus silêncios inesperados são uma tentativa de não te ferir. Desculpa se te machuco com isso.

Eu nunca vou me esquecer de quando você me disse que o amor tinha a ver com a escolha de se permitir sofrer pelo outro. Às vezes machuca, faz a pele rasgar e rompe as fibras dos músculos em duas partes, mas é preciso. O que não aguenta uma pancada não foi feito para durar, não é?

Hoje eu permaneço aqui e vou me deitar antes de a novela das nove começar, só para garantir que a minha garganta vai ter tempo suficiente para engolir cada um dos problemas que me fazem calar.

Amanhã vai ser melhor e eu te convido para vir aqui.

Espero que você entenda que isso não tem nada a ver com a gente. Por enquanto, obrigado por dizer que está disponível se eu precisar.

E por se permitir sofrer por mim nos dias em que a escuridão dentro da minha mente se torna mais forte do que a luz que o meu peito mantém acesa.

Se você enxergasse em si
o que os meus olhos insistem em ver,
não encontraria motivo nenhum
para justificar ao seu peito
que não são bonitos os defeitos
que o reflexo no espelho
te mostra.

Você foi a primeira pessoa
coisa
momento
encontro
que virou meu mundo do avesso de um modo bom.

Antigamente, eu enxergava os móveis da sala
me atingindo em cheio quando isso acontecia.
Tudo caía em cima de mim e esmagava o meu peito contra o chão em movimento.

Hoje eu percebo que flores nascendo no céu
E despencando em direção ao solo
são ainda mais bonitas.

E que o avesso tem sua beleza.

♪ (ANAVITÓRIA – SINGULAR)

Queria que você tivesse me segurado no colo e dito que ia ficar tudo bem quando caí de bicicleta pela primeira vez e ralei o joelho. Eu havia recém-tirado as rodinhas auxiliares e me sentia o dono do mundo, até que, ao tentar desviar de uma pedrinha, acabei no chão. Hoje em dia eu riria, mas para aquele menino de sete anos, essa foi a maior humilhação do mundo.

Eu tinha dezesseis anos no dia em que feri meu coração de verdade pela primeira vez. Parece que foi tarde, né? Mas eu acho que não tinha amado de verdade antes. Tentei dar certo com algumas pessoas, mas não era exatamente o que meu peito queria. Naquele dia, quando uma arma quente foi colada em meu peito, me forçando a escolher entre ir embora ou me matar com um tiro de rejeição logo depois, você teria segurado minha mão. Eu quase consigo ver seus olhos baixando e os seus lábios sussurrando que você, ao menos, não me feriria.

Você tem se esforçado para isso não acontecer.

Depois da minha primeira confissão sacramental, você precisaria ter visto o modo com que meus ombros pararam de pesar quando coloquei os pés para fora daquela igreja. Só quem sente o peso do mundo sair das costas sabe do que estou falando, com a diferença que não sobrou dor nem rastro algum depois que eu me despedi do padre e fui embora.

Voltar lá e contar o que eu fazia de errado se tornou um hábito frequente para mim. Era mais profundo do que qualquer sessão de psicologia e tudo o que eu precisava fazer para começar do zero outra vez.

Eu tinha dezenove anos quando andei pela primeira vez de avião e senti o meu corpo todo ser empurrado para trás com a pressão da decolagem. Você teria rido do pavor estampado na minha cara, não teria? Eu te conheço a ponto de saber disso, mas existem tantas outras coisas que eu ainda preciso descobrir em você que sinto o mesmo descompasso em meu peito que senti naquela primeira vez.

Houve um tempo em que eu era uma madrugada prolongada, sem muita expectativa de terminar. Você não teria permitido que aquilo se estendesse por tanto tempo, pelo menos não como aconteceu. Só meu Anjo da Guarda sabe o quanto eu implorei pelo seu abraço naqueles dias, mesmo que meus olhos não tivessem esbarrado com os seus ainda. E eu não fizesse a menor ideia da sua existência.

Eu precisei conhecer as coordenadas do seu rosto para sair daquele breu.

Mas, ao mesmo tempo, se não fosse todo o medo do escuro que eu precisei encarar, eu não te amaria como amo agora.

E, bom, você tem dado um jeito de não me ferir até aqui.

Talvez o amor seja como um chimarrão compartilhado em um domingo à tarde.

A gente se permite beber o líquido quente até o fim, sem pudor. Quando ele termina, basta encher a cuia outra vez.

Ou oferecer afeto de novo.

Os seus defeitos não são nem um pouco diferentes
do que aqueles que eu já enxerguei por aí.

Nada autênticos.
Nem uma migalha diferente.

Mas eu não vejo problemas em conviver com eles.

Passou o tempo em que ser triste era bonito para mim.

Na juventude, eu tentava encontrar beleza em tudo,
buscando me convencer de que eu estava vivendo do modo certo (e inocente).

Hoje, qualquer desvio nas batidas que o meu peito dá já é motivo de preocupação.

Obrigado por entender isso comigo
e por me mostrar que a única beleza que as trevas têm
está do lado de fora delas.

O amor também é sobre nos exorcizarmos.

REERGUER-SE
OUTRA VEZ

♪ (TIAGO IORC – DIA ESPECIAL)

Depois de tanto tempo juntos, houve um dia em que você perguntou se eu te amava.

Como assim se eu te amo?

Ouvir essa pergunta me deixou encasquetado por três noites e duas manhãs. Tudo o que eu tocava virava destroços naqueles dias. Explico: minha mente ficou inquieta a ponto de meu cérebro não conseguir fazer nada que preste até compreender o que isso tudo poderia significar.

Talvez você não tenha entendido na primeira vez em que eu te disse que o meu peito parecia dar leves paradas nos próprios batimentos quando te ouvia respirar. Não foi tão romântico, foi? Mas você sorriu, então eu sorri de volta e estava tudo bem, com a diferença de que eu não conseguia conter a alegria ali.

Ou talvez eu, que desaprendi a dominar meus sentidos depois de tantas histórias furadas, posso não ter me dado conta de que meu cérebro perdeu o contato seguro que tinha com o meu peito depois que os meus fios foram cortados ao meio. E, desde então, eu não localizei mais nada dentro de mim.

Pensar demais sobre o que se sente é armar uma armadilha para o coração e pisar nela sem pudor nenhum, já percebeu?

No sábado seguinte, você perguntou por que eu estava inquieto daquele jeito, agindo completamente diferente do modo como costumava agir quando estava contigo. Eu queria te agradar, droga, queria te provar que sim. Mas do que isso adiantaria?

Eu ainda não sabia o que te dizer um mês depois. Você evitava tocar no assunto, eu me esquivava. E a gente teria permanecido nesse esconde-esconde idiota por bastante tempo se eu não tivesse te perguntado o que aquela porcaria de pergunta queria dizer.

"Nada, é só porque você não parece ter certeza nenhuma sobre si."

Outra bomba-relógio instalada na minha mente. Depois de tantas noites que passamos juntos, bebendo e jogando conversa fora enquanto reclamávamos do mundo e de como havíamos sido imprudentes nas eleições de outubro, eu nunca te falei de futuro. O problema é esse. A droga do problema é justamente esse.

Enquanto você me dizia que queria ter dois filhos e um casal de malteses, eu só te contava sobre como a minha existência foi um dia e é agora. O máximo que eu fiz foi convidar você para uma viagem de carro sem rumo nas férias de verão, mas isso não era bem um futuro, era?

"Eu te amo, e tudo o mais. Mas a nossa mente não sai do agora, já se deu conta?"

Me dei, depois de tantos dias pensando em coisas vazias. E a sensação que eu tenho é de que os cronômetros estão prestes a zerar aqui dentro. Eu tenho medo de me sufocar e não saber como fugir disso, porque eu não me conheço a ponto de identificar os caminhos.

Pode ser que eu não tenha me tornado adulto o suficiente para isso. Pode ser que eu apenas não me entenda.

Mas pessoa alguma chegou e permaneceu por tanto tempo conhecendo sobre mim mais do que eu devo conhecer durante minha vida inteira.

♪ (ANAVITÓRIA – DÓI SEM TANTO)

Eu não estava preparado para receber você.

O momento não era o certo e o meu peito clamava por estar em paz consigo mesmo, ao menos um pouco. Eu concordei com o pedido dele, mas não contava com os acontecimentos que se dariam depois.

Num vai e vem tremendo, quando eu não sabia se ia para casa ou continuava a procurar uma nova oportunidade de futuro, você passou por mim.

Eu nem tinha como esperar pelo que poderia resultar dali.

Nem os filmes.

Nem os toques.

Nem os beijos que demos embaixo de árvores em calçadas do centro da cidade, ao tentarmos nos esconder do mundo e do sol.

Eu não estava preparado.

Assim como não estou para perder você em definitivo.

Faltou gentileza da sua parte
ao esquecer de avisar que não nos bastávamos mais.

Te procurei quatro dias seguidos antes de sentar
no meio-fio para descansar.
Mas já estou acostumado. Não é a primeira vez
que isso acontece.

(JÃO – MONSTROS)

Eu demorei quase seis meses para me desculpar depois de ter olhado para o meu próprio reflexo no espelho e pedido perdão. Era necessário conviver com o peso que eu havia permitido que caísse sobre os seus ombros. Você precisaria de uma força sobre-humana para aguentar o fardo de compreender tudo aquilo que eu nunca cheguei a te dizer.

Foram tempos dolorosos. Eu sabia que você também pensava em mim, mesmo que do outro lado do estado. Era preciso dirigir algumas horas de carro para te encontrar sentada em frente ao mar, perguntando ao horizonte onde foi parar aquele infinito todo que preenchia os seus olhos no verão anterior. Não te culpo por isso; eu também me perguntaria a mesma coisa.

Você não teria compreendido se eu acordasse naquela segunda-feira e dissesse que não te amava, mas talvez fosse menos cruel. Foi o primeiro dia em que a ficha sobre fins caiu dentro de mim: às vezes, o sentimento de abandono surge antes mesmo de irmos embora.

Eu me senti desamparado e tentei, com todas as forças que meu pequeno corpo era capaz de esboçar, levar isso tudo um pouco mais adiante. Mas como fazer para acalmar o redemoinho que se inicia dentro do peito quando se descobre uma coisa dessas? Meu peito provavelmente estava vivendo em uma mentira inventada pela minha cabeça. Eu te amava, sim, mas não como deveria.

Escrever sobre isso é ter coragem de colocar minha própria ilusão em uma inversão de papéis: eu nunca havia sido Summer porque a minha vida inteira teve casca de Tom. Por sorte nossa, não chegaram a ser 500 dias. Se fossem, provavelmente teria doído ainda mais no fim.

Eu só consegui me perdoar depois da quarta vez em que você disse que me desculpava, após termos conversado. Minhas atitudes foram cruéis. Meu modo de lidar com você foi repugnante, como tudo o que eu acusava como pecado mortal na vida alheia.

Foi o fundo do poço para mim.

Mas, talvez, eu precisasse passar por algo assim para entender o quanto é necessário ser sincero com o outro para não acabar com os dois ainda mais feridos no fim.

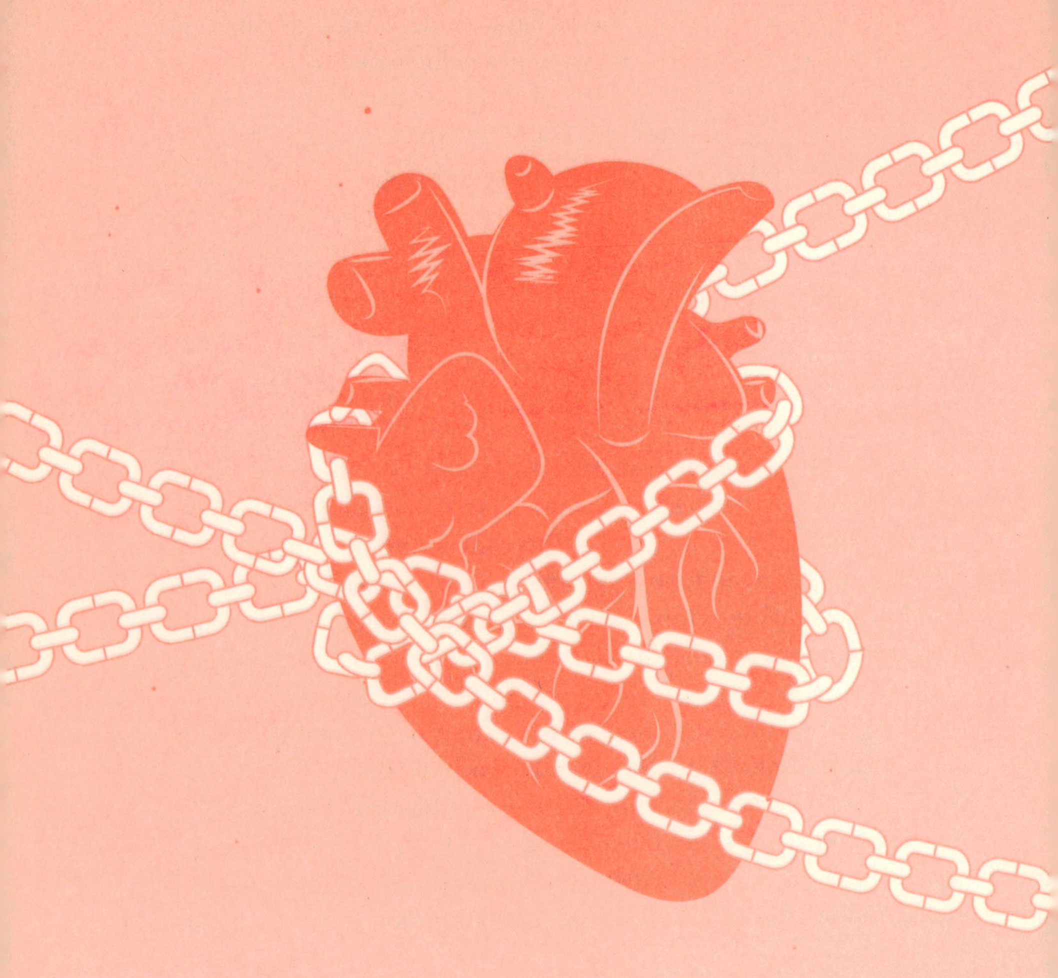

♪ (ALEXANDRE NERO – NÃO APRENDI DIZER ADEUS)

Você já me amou mais, né?

Ou me quis mais, em algum momento entre fevereiro e abril.

Eu acharia isso cômico se não fosse tão evidente. Os seus olhos gritam com uma voz tão elevada que até parece que os meus não têm ouvidos. O som ecoa ainda mais alto no silêncio do seu quarto, não ecoa? Eu percebi isso depois de precisar tirar os tênis para entrar na última vez. Isso nunca havia acontecido antes, não com a gente.

Vai ver o amor não seja exatamente um sentimento diferente do querer. E, verbalmente, não existe problema nenhum em desejar alguém com mais intensidade em um dia e menos em outro. Só é difícil de colocar na cabeça uma coisa dessas.

Provavelmente eu também tenha te amado mais do que te amo agora. Em maio, quando nós começamos a tirar os casacos do armário, você me dizia que sentia o frio transpassar a barreira da sua pele. Eu fingi que poderia te agasalhar, quando sabia que você suaria se eu colocasse uma coberta a mais na hora de dormir. Insistir em tentar talvez tenha sido o ápice do meu amor. Mas nada daquilo tinha muito a ver com a temperatura do lado de fora.

O inverno é mais rigoroso quando isso acontece. Nós estamos tão focados no que é prático e externo e que toma conta do nosso cotidiano que nos esquecemos de observar a mudança. Primeiro é preciso tirar os tênis para não riscar o chão. Depois eu deixo de contar as coisas que aconteceram durante o dia no escritório, porque você não se importaria tanto assim. Numa sexta-feira, você chega da faculdade dizendo que acha ter zerado a prova de exatas, me pegando de surpresa por não saber que ela existia.

Até que a intensidade de tudo vai diminuindo...

Em algum momento entre fevereiro e abril, você me amou mais. Provavelmente no carnaval, quando a gente fez folia em casa, na frente do televisor. Você não perdeu o carinho por mim, e eu perdi menos ainda em relação a você. No entanto, passamos a nos querer menos.

Talvez o fim do amor seja justamente isso.

(LOS HERMANOS – SENTIMENTAL)

Eu não quero que você fique por piedade.

Caso isso aconteça, será mais doloroso do que se, em um domingo ensolarado, você acordasse e fizesse as malas para partir antes mesmo que os raios que ultrapassam as cortinas batessem no meu rosto. Eu ficaria desolado, sim, mas acordaria melhor no sétimo dia, depois de procurar, procurar e procurar mais um pouco por você.

Não é fácil permitir que nós como os nossos morram. Como se toma coragem para fazer uma coisa dessas voluntariamente? Eu provavelmente teria que fazer terapia duas vezes por mês. Ou então, passaria horas e horas sentado na escadaria da Cultura lendo contracapas de livros de autoajuda. Quem sabe assim eu encontraria um sentido para a vida, no meio de tanta coisa nova e diferente; mesmo com a minha mania de mostrar a você tudo o que é novo e diferente.

Às vezes, o seu medo de me ferir é maior do que seu próprio peito, já percebeu? Eu não sei como o seu coração ainda não implodiu. É verdade que nós dois já nos bastamos mais em algum momento dessa história, mas por que você não pega a sua falta de esperança e joga feito pedra em mim, para acabar com o resto da minha? Eu iria chorar durante a madrugada, mas acordaria melhor na manhã seguinte.

Apesar de tudo, de tanta dor e tanta barra que passei lutando contra mim mesmo nos últimos dias, eu sei que as coisas ainda podem ser diferentes. Precisei me convencer de que ainda te amava. No meio de tanto caos, até o peito, que nem ao menos tem neurônios, duvida das coisas que sente. Mas eu me permiti dizer para mim que havia alguma chance depois que você me chamou para viajar em um fim de semana qualquer.

Tem dias em que eu acho que essa necessidade gritante de pegar o carro e sair da rotina é só um aviso silencioso de que bastou, mas não basta mais. Você evita ficar em casa sozinha comigo, assim como eu tenho evitado conversas mais longas do que cinco minutos. Eu tenho medo que você tome coragem e me despeje de uma vez para fora do seu peito.

Mas a dor de ficar em um lugar onde eu não caibo não pode ser maior do que a de partir em retirada.

Eu não quero que você fique comigo por pena do que eu vou sentir se você resolver ir embora.

(JÃO – RESSACA)

Você teria feito isso se as coisas estivessem bem entre nós dois? Eu sei que nunca houve um consenso. Nós nunca sentamos em uma tarde de domingo para colocar as cartas na mesa e buscar entender o funcionamento desse jogo, mas sabíamos que estávamos perto do fim. Não que o amor envolva reis e damas, mas talvez fosse preciso abrir o leque.

Ver você com ele foi a minha ruína primária. Meu peito já não batia como se as coisas estivessem caminhando em uma constância. A sensação que eu tinha era de que a qualquer momento alguém poderia chegar e nos separar. Eu iria para um lado, você para o outro. Nós dois tentaríamos olhar para trás em busca de uma despedida, mas talvez não houvesse tempo. Eu passei noites e mais noites vigilante por isso, com medo que fosse a hora. Mas não pensei que você iria e eu ficaria.

Evito pensar que você tenha feito isso para me ferir. Eu descobri que seu coração não seria capaz disso desde a primeira conversa que tivemos, em um bar nos Jardins. Seu íntimo parecia ferido demais para tomar coragem para fazer a mesma coisa com outro, então eu desprezei meus escudos.

Sinceramente? Eu não quero que você justifique nada, nem vou ousar atirar pedras no seu pequeno corpo como se fosse a maior das pecadoras do mundo. Era claro e evidente que não duraríamos tanto. Talvez, para você, já tivéssemos acabado. E eu também tive os meus erros. Eles foram muitos e grandes, eu sei disso.

Nosso amor coube por muito tempo na minha sala de estar. De vez em quando eu tinha o burro pensamento de que ele não poderia crescer para habitar um lugar maior do que aqueles oito metros quadrados. Talvez por isso eu não tenha me esforçado para que ele crescesse.

Os seus lábios se entrelaçam nos dele e minhas tripas dão um nó dentro de mim. Sobe uma ânsia de vômito que é própria do abandono. Custava esperar a gente decretar o fim?

Eu não culpo você. Eu também poderia ter permitido que meu coração fosse embora enquanto nossos corpos ainda estavam intactos, no mesmo lugar. Se despedir é mais difícil do que encarar a infelicidade, já percebeu? Principalmente quando a gente sabe que o afeto já não é suficiente.

Eu preciso me perdoar por deixar de te desejar comigo enquanto ainda estávamos juntos. Nosso amor coube num cômodo pequeno porque talvez não fosse capaz de ocupar mais espaço. Ficamos confortáveis ali durante muito tempo, mas o fim não vai ser menos doloroso porque sabíamos que as coisas terminariam em algum momento.

Você ficou com ele, eu permaneci aqui. Vou ter que conviver com esse fantasma assustador nos próximos meses. O primeiro passo talvez seja fazer meu âmago entender como, de uma hora para outra, a minha sala ficou infinitamente maior e mais vazia.

A gente jurou que duraria
para sempre
sem se dar conta de que
o amor não vive de juramentos.

(NANDO REIS – POR ONDE ANDEI)

O mais difícil foi tentar traduzir o seu silêncio em algo verbal, para que meu peito pudesse ler e compreender. Depois dos primeiros dias, quando eu parei de esperar uma resposta, as nossas conversas passaram a ser monólogos dentro da minha cabeça. Nunca existiu uma sentença definitiva, já se deu conta? Você nunca mais ficou *on-line*, me disse alguma coisa e continuou vivendo a sua vida, como geralmente acontece com casais normais por aí.

Há dias em que o seu descaso machuca muito mais do que a falta de amor. Corta fundo na pele a sensação de não significar mais nada palpável. Não que você não tenha sentido as mesmas dores que eu, mas é diferente. Pelo menos com a gente. Pelo menos quando o outro, nesse caso você, não deixa cair por entre os dedos uma migalha de saudade.

Entre os meses de outubro e dezembro, eu não ouvi a sua voz. Precisei parar de escutar os áudios antigos em uma tentativa de acordar para a vida. Eu queria que o verão tivesse trazido novas experiências, novas pessoas, qualquer pequena nova chance de sentir algo bonito brotar dentro do peito a ponto de conduzir a minha vida.

Mas nada. Eu simplesmente precisava passar pelo meu processo.

Depois de mais um mês sem notícias suas, totalizando sete, eu escrevi um NÃO bem grande na palma da mão para verbalizar e eternizar o fim. Foram necessários quatro dias e seis banhos demorados para que a tinta saísse de vez. Mas, no fim, eu consegui convencer o meu próprio peito de que era necessário deixar que outras coisas também fossem lavadas pela água.

Quando foi que eu te desconheci?

Na terça-feira de universidade ou no sábado em que eu fui dormir antes da meia-noite, o que não fazia desde os meus onze anos? Não sei ao certo. Eu lembro que, nesses dois dias, um monte de coisa aconteceu e nenhuma delas fez brotar, em mim, a necessidade de compartilhar tudo com alguém. Eu costumava narrar os meus dias quando estava contigo, mas de uma hora para a outra já não era mais necessário.

Aconteceu.

De um modo calmo, foi como se o vazio que habitava o meu estômago pedisse licença para se preencher aos poucos. Eu voltei a fazer exercícios, me alimentar bem e sair às sextas-feiras para beber com os amigos no bar perto de casa. Voltei a colocar horários na minha agenda sem me dar conta de que não sobraria mais tanto tempo assim para ficar olhando o que havia sobrado de nós.

Não fazia mais sentido ficar observando, depois de tanto tempo.

Duas semanas depois, eu havia esquecido os seus horários e o que você costumava fazer às quintas. Era o melhor a se fazer ali, não era? Parar de movimentar minha vida conforme os passos da sua foi algo que se tornou natural depois que parou de doer. Eu dizia para mim mesmo que uma hora a tempestade iria se acalmar. Até que parou de ventar nas janelas do meu corpo.

Com o passar dos dias, eu pensei algumas vezes em onde estaríamos se tivéssemos persistido só um pouco mais. Eu teria cedido em alguns pontos, mas a minha memória já não é capaz de imaginar como você reagiria às mudanças.

Numa segunda, esbarrei contigo na tela do meu celular. Você estava diferente, com o cabelo mais avermelhado que o de costume. Eu precisei me beliscar para ter certeza de que a minha mente não estava tomando nenhum juízo daquilo ali, mas era verdade. A sensação que o meu peito tinha era de conhecer só a sua carcaça, como que por fotos.

Eu te desconhecia.

E talvez esse seja o maior dos vazios que os amores deixam.

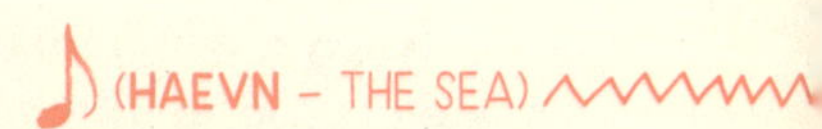

Pinguins se apaixonam uma única vez na vida. Eu fui lembrado disso enquanto assistia a um seriado na Netflix, logo após chegar da universidade, em uma sexta-feira à noite. Foi a terceira vez que escutei isso em toda a minha vida, mas pela primeira vez pareceu fazer sentido.

A tal ave marinha é capaz de manter, durante toda sua existência, o mesmo sentimento dentro de si. Um único estalo e pronto. Se as coisas derem certo, vida feliz que se segue. Se não, que se sobreviva aos dias, mesmo que o tal combustível da paixão não a mova dentro de seu peito.

Quantas vezes eu precisei me apaixonar por você?

Pensar nisso me parece um pouco cruel. Nós não somos como os pinguins, eu sei, mas dar de cara com essa sentença me faz analisar os amores da minha vida por outra perspectiva.

Eu jurei que havia me apaixonado antes de conhecer você. Ao menos três vezes. Você foi a quarta pessoa que fez barulho em mim, mas não chegava a ser muito diferente das outras vezes. Ainda que nossos costumes fossem diferentes, você chegou e preencheu o espaço vazio que havia dentro de mim. Era estranho o fato de o meu peito nunca chegar a doer pelo excesso de amor, mas eu relevava.

Nós nos sentíamos bem juntos, e eu te amava. Mesmo que meu peito não entrasse em erupção do seu lado, eu sentia algumas cutucadas diferentes quando você falava sobre arte. Eu não compreendia o valor dos quadros, mas me interessava pela história que carregavam.

Eu queria te manter por perto porque isso fazia o meu peito se sentir seguro. Você me mantinha ali, do lado, porque era mais fácil acordar pela manhã com o barulho dos meus toques. Mas isso não era necessariamente o que nos mantinha vivos, era?

E eu jurei que havia me apaixonado por você. Seria a minha quarta vez.

Pinguins se apaixonam uma vez na vida. Não havia nada de novo no meu sentimento por você, ainda que você tivesse chegado a minha vida recentemente.

Talvez, nós tenhamos sido só um amor-amigo. Eu amava você e meu corpo se inquietava com o seu sorriso, mas não era como se o meu peito fosse explodir ao entrar em contato com o seu, me entende? Talvez eu não tenha me apaixonado. E, talvez, nem você.

E o mais doloroso nisso tudo é que parecia verdadeiro, não parecia? Com os pinguins é um estalo na vida e pronto, nada mais a se sentir pela frente. E com a gente?

Que nos perdoemos por isso.

Houve um tempo em que as suas palavras me encantavam.
Eu não sei ao certo quando o efeito passou a ser o contrário.

Não tenho certeza se você teve culpa
ou se o mérito dessa porcaria toda é inteiramente meu.

Depois de tanta coisa,
tantos momentos,
tantas cervejas divididas em bares meia-boca da capital,
os meus ouvidos cansaram de ouvir o que você dizia da garganta para fora.

(HOLLOW COVES – COASTLINE)

Às vinte e duas horas do dia 7, eu sinto saudade. Foi o exato momento em que eu disse que te amava pela primeira vez.

A gente tinha mania de ser diferente naquele tempo, né? Eu de um lado, correndo para te alcançar, e você do outro, vindo na minha direção. Nós cuidávamos do peito um do outro como se fosse a maior preciosidade da humanidade. E era, até deixar de ser.

Nas noites seguintes ao nosso fim, eu preferi ir à praia para não te encontrar nas praças de alimentação do shopping. Você sempre me disse que costumava afundar a própria vida em doces quando nós dois brigávamos. Não fazia sentido ser diferente depois de tudo o que aconteceu conosco.

"Fins são necessários."

Essa é a frase que eu sigo repetindo para mim. Eu sabia que não duraríamos muito, que, talvez, chegássemos ao dia da viagem que eu havia planejado e não nos estendêssemos tanto depois disso. Mas ela nem chegou a acontecer.

Nós éramos duas pessoas de mãos dadas no parapeito do prédio mais alto de São Paulo. Nenhum de nós dois era dali, mas nos jogaríamos como se tivéssemos passado a infância inteira naquele terraço. Em algum momento, a pressão do ar afastaria a gente no meio da queda.

Acabaríamos os dois sozinhos esparramados no chão, cada um em um lugar diferente.

Entre a primeira e a última, eu disse que te amava pelo menos doze mil vezes. A cada repetição isso tinha menos força. Você percebeu?

Eu sim.

Isso faz com que hoje seja só mais um dia 7.

Dói saber que nós dois não nos esforçamos para continuar.
Eu queria ter insistido um pouco mais, porque nossos corpos ainda tinham encaixe.
Você sabia que nós tínhamos jeito depois daquela terça-feira de inverno.
Era evidente, como se a vida gritasse nas nossas caras.
Mas nós tínhamos medo de nos ferirmos.
Era mesmo necessário que isso fosse maior do que tudo?
Eu nunca vou saber.
Nós cedemos.

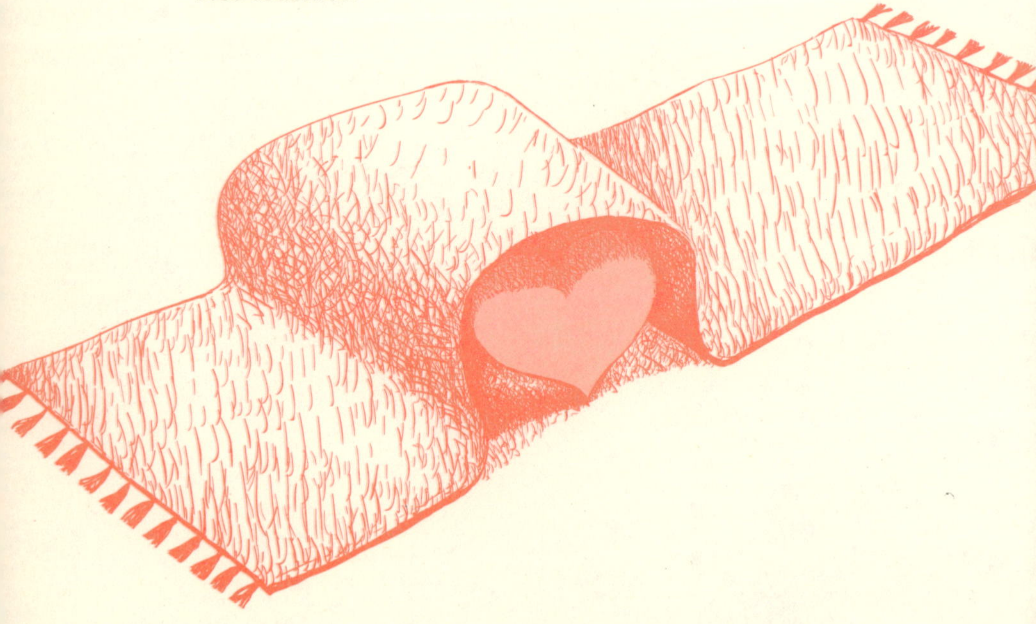

Um dos dias mais tristes
foi o que você deixou de ser real
para se tornar lapsos dentro
de mim.

Se a gente tivesse feito mais questão,
provavelmente as coisas teriam durado um pouco mais.

Quem é que joga tudo fora assim, depois de tanto tempo?
Nós permanecemos quatorze meses juntos, mas isso passou longe de ser motivo para insistirmos um pouco mais.

Eu continuei te amando, mas não era a mesma coisa.

Continuo, de todas as formas que meu coração ainda é capaz de se permitir.

♪ (LUKAS GRAHAM – HAPPY HOME)

Quando foi que nós começamos a nos perder?

Talvez no dia em que eu decidi que mandar uma mensagem após chegar em casa já era o suficiente. Eu costumava te escrever logo depois da aula na faculdade terminar, antes de tomar meu rumo que acabaria no meu quarto, na minha cama. Meu corpo sempre tinha seis horas de sono pela frente. Naquela noite eu tive oito, porque te disse que estava acabado demais para estender o papo.

Eu só havia tido um dia cheio e as coisas não tinham ido bem na faculdade.

No dia em que você resolveu sair para viajar sem me avisar, talvez. Quando me dei conta, encontrei uma foto sua na beira do mar gritando na tela do meu celular. Eu poderia ter ido junto contigo se tivesse me avisado antes de registrar a vista com as suas lentes, mas você não se lembrou de me convidar. Justificou dizendo que era preciso fugir um pouco de si para respirar um pouco de ar puro por uns minutos. Eu não estava te sufocando, estava?

Você já não estava feliz na casa que era seu peito.

Se tivéssemos nos dado conta disso antes, quem sabe as coisas pudessem ter sido diferentes. Quando saiu a temporada nova do seriado que você costumava comentar, pensei em te chamar para assistir lá em casa. Eu não tinha nada de especial que pudesse oferecer caso você aceitasse o convite, e foi justamente isso que me bateu com mais força. Não o fato de eu não ter nada, mas o pensamento vazio de precisar ter algo simbólico para largar nas suas mãos. Quando os dois peitos já são íntimos, nada disso é preciso, né?

Acho que nos perdemos um pouco mais ali.

Hoje, quando olho em seus olhos, não vejo o você que eu enxergava quando a gente contava as moedinhas para tomar sorvete no domingo à tarde. Primeiro, duas térmicas de água quente para o chimarrão, depois, uma passada na sorveteria mais simplória do centro da cidade, porque era o que dava com a pouca grana que a gente deixava de guardar para viajar.

Depois de umas semanas, nós dois paramos de guardar as moedas que sobravam do supermercado no vidro de economias na estante da minha sala, percebeu? Eu com a desculpa de que havia pago tudo com o cartão, você escondendo os chocolates que havia comprado para comer quando estivesse sozinha, na sua casa.

Daquele dia em diante, eu sempre perguntei se poderia te visitar às pressas, por estar com saudade. Nunca mais cheguei de surpresa.

Faltou perseverança, eu acho. Nós teríamos conseguido consertar nossas carcaças se estar inteiros mais uma vez fosse suficiente para nós dois. Não era o caso, era? Essa é a única coisa que, em meio a tantas outras, desce pela minha garganta com um pouco de dificuldade.

Se nós tivéssemos tentado um pouco mais, talvez estivéssemos na fila da padaria da esquina da minha casa agora. Nós costumávamos ir lá toda quarta-feira antes de assistir ao futebol na televisão. Ou, quem sabe, tivéssemos finalmente tentado mudar as coisas um pouco, viajando quarenta minutos subúrbio adentro para assistir à cidade de cima. Você dizia que sempre sonhou em subir nos montes que costumava enxergar atrás dos prédios, e, depois de um tempo, eu não fiz mais tanta questão de dar um jeito de te levar lá.

Para ser sincero, deixou de importar.

E o pior nisso tudo é que o processo pareceu natural demais para nós dois. Na manhã seguinte à noite em que eu acabei dormindo demais, meu peito resolveu apontar para o sul enquanto sua bússola ainda insistia em olhar para o norte. Desde então, as coisas nunca mais foram as mesmas.

Você sem fazer tanta questão de olhar os próprios relógios, eu tentando encontrar um jeito de te achar em mim outra vez.

Mas nada. Permaneço tentando até agora...

Eu tenho um problema sério com histórias não resolvidas.

Elas sempre foram, para mim, como fantasmas apavorantes que não permitiam noites de sono tranquilas. Acordei várias vezes ofegante por conta deles. Perdi noites em claro tentando uma medida protocolar que me desse trégua por uns dias.

Nunca funcionou direito.

Por que logo a gente se resolveria, no fim?
Por que de nós não sobraria fantasmas?

Talvez nós só precisemos
parar de chamar de amor
o que [quem] já deixou de ser.

♪ (KINGS OF LEON – USE SOMEBODY)

Eu sempre tenho medo que as consequências dos sonhos tomem conta da minha vida depois que eu acordo.

Encontrei contigo enquanto dormia. Era na semana passada, na ida para a faculdade. Você estava diferente. No saguão do aeroporto, rodeada de luzes não naturais, o tom da sua pele parecia mais amarelo do que costuma ser. Seus olhos não costumam ser baixos assim, costumam? Eu reparei nas olheiras, mas preferi não te contar com medo que você dissesse algo sobre as minhas. Te dei um abraço e, sem falar nada, virei as costas como quem precisa correr para não perder o voo.

Não nos beijamos.

Eu acho engraçado como você insiste em voltar para a minha cabeça de tempos em tempos. Não que a culpa seja sua, eu sei, mas eita memoriazinha chata essa que não me deixa. Já faz um tempo que te deixei para trás; custa minha mente equilibrar os ponteiros da minha vida com o horário de Brasília?

Corpo em um espaço-tempo, mente em outro.

Talvez a culpa seja do número de viagens que eu ando fazendo a trabalho nos últimos tempos. Saguões de aeroporto eram os lugares que nós marcávamos de nos encontrar, não eram? Eu nunca entendi essa nossa sina pelo ir e vir das aeronaves. Eu tinha medo que nos tornássemos iguais a elas.

O seu semblante era diferente daquele que eu costumava contemplar. Em outros tempos, eu teria cancelado meu embarque para permanecer ali contigo. Nada era tão importante quanto você. Nem o trabalho, nem a universidade, nem o concurso que eu pretendia fazer para ter uma migalha de estabilidade na vida.

Mas as coisas mudam. O tal encontro só aconteceu aqui dentro mesmo, enquanto eu estava com a cabeça encostada no ônibus que me levava para o lugar em que eu não tinha certeza se queria chegar.

A gente não se beijou. Nem houve tempo para isso.

Talvez eu não tivesse conseguido me segurar na vida real.

Mas tocar os seus lábios não era exatamente o que eu queria.

Depois de acordar, eu fiquei com medo de que essa cena tivesse acontecido de verdade.

Por puro receio de voltar a falar com você.

(ANAVITÓRIA – AGORA EU QUERO IR)

O fim talvez tenha começado quando começamos a planejar qualquer coisa que fizéssemos. *O que tem demais nisso?*, eu me pergunto. Nada. O verdadeiro problema estava no silêncio, quando resolvíamos passar o sábado à tarde trancados dentro de casa.

Dali em diante, em todos os fins de semana nós demos um jeito de fazer alguma coisa. No primeiro, uma balada abarrotada de gente e que não satisfazia nem os seus nem os meus desejos. No outro, uma caminhada no parque para ver as crianças brincando. Nesse dia foi pior ainda, não foi? Para mim, foi o exato instante em que minha mente se deu conta de que aquele futuro não era sobre a gente.

Teve ainda as noites de quinta-feira em que fizemos questão de ir ao restaurante para não precisar pedir o japa em casa. A desculpa era de que não precisaríamos esperar e o restaurante não era tão longe assim, né? Pena que nós dois já estávamos léguas de distância um do outro.

Eu não te evitei em nenhum momento, e acho que nós fomos iguais nisso. Nosso único ato foi começar a insistir em programas mais barulhentos e cheios de gente ao redor. Eu sentia vontade de perguntar sobre a sua história, como se fosse a primeira vez que nos víamos. Eu precisava relembrar o porquê de estar ali. Você, ao mesmo tempo, insistia em me mostrar os mesmos lugares de sempre, na esperança de que encontrássemos novos detalhes para permanecer confortáveis.

Esses foram, provavelmente, os meses mais dolorosos de nossa vida juntos. Eu ainda tinha a minha do lado de fora de nós, você continuava com as suas obrigações que não diziam respeito a mim. No entanto, no meio de tudo, existia algo que era nosso.

Existia.

Nós temos o costume de arrastar com a barriga o que já não anda por conta própria. E o pior é que nem ao menos nos damos conta disso. O todo de nós já incomodava, mas continuava sendo mais cômodo permanecer assim do que admitir que o universo à nossa volta já não girava na mesma velocidade.

Os jantares, as festas, os filmes que deixamos de assistir para não precisarmos ficar em casa a dois quando já não conseguíamos ser um só. Todos eles eram sinais.

Até que teve um dia em que, mesmo com o japa lotado, eu voltei a te chamar pelo seu nome.

Custou muito descobrir
que nada valia agradar seu ego
se meu peito não se agradasse disso.

Talvez o meu problema tenha sido ignorar os seus defeitos.

Romantizei o fato de você ter vícios diferentes dos meus, quando a minha mente só sabia repudiar tudo aquilo que você fazia.

Dei apelidos fofos para a sua mania de mudar de ideia sem me dizer nada. Não que você me devesse alguma satisfação, mas o amor gosta de saber quando o outro altera alguma coisa em sua rotina.

Disse para mim mesmo que era normal a sua mania de me tratar de um modo em casa e se acuar do meu lado na frente dos outros, fosse em família ou em praça pública.

Até que isso tudo me devorou.

O pior momento foi quando eu descobri que era melhor calar a minha boca.

Nada do que eu dissesse seu coração ouviria.

♪ (JÃO – ÁLCOOL)

Há um tempo eu menti para mim que era alérgico a nicotina. O desconforto da fumaça entrando pelas minhas narinas fazia com que eu tossisse por um bom tempo, principalmente na hora de dormir. A verdade é que tal alergia nunca foi diagnosticada em mim.

Ao passar por pessoas com cigarros nas mãos, eu costumava atravessar a rua. Me sentia horrível pela exclusão do outro, mas justificava com minha tal doença. O mesmo acontecia nos jantares com amigos: para não sobrar o cheiro na sala, eles costumavam ir até a varanda mais próxima para tragar. Eu evitava ir junto, por mais que perdesse conversas interessantes, só para garantir uma noite de sono sem crise alérgica.

E isso se repetiu por anos.

As coisas já eram diferentes quando conheci você. O número de amigos fumantes que eu tinha subiu consideravelmente e, com o tempo, as noites de tosse foram diminuindo, por mais que eu tenha começado a estar mais perto deles. Eu não tenho certeza se o meu organismo se adaptou à fumaça ou minha mente parou de ignorar o fato, mas isso fez com que eu nunca te contasse sobre a tal alergia.

Era natural, para mim, sentir o tal cheiro na sala da sua casa e nos jantares que fazíamos com amigos. Nos fins de festas, nas tardes de chimarrão na praça. Eu não dizia nada quando, na saída do cinema, você pegava um cigarro da carteira logo após colocar o pé para fora do shopping. Permanecia do seu lado e diminuía a intensidade da respiração para inspirar menos fumaça. Quando o tabaco terminava, tudo era igual a antes.

Essa troca de hábitos fez com que o meu pulmão se prejudicasse. Eu não precisava ser diagnosticado para sentir os efeitos disso, mas era confortável estar perto de quem fazia meu coração se comportar de um modo diferente. A tosse, embora menos frequente, insistia em ser cada vez mais doída quando acontecia.

Até que o tempo foi passando e eu fui parando de ignorar as acusações que o meu corpo fazia aos gritos.

No fim das contas, você foi como o meu repúdio a nicotina. Não era nada marcante em mim, mas eu não gostava e me enganei dizendo que não poderia respirar o ar que a contivesse. Pura conveniência da minha parte. Eu me acostumei com você até que, por comodidade, coloquei na minha cabeça que você era o amor da minha vida. E verdadeiramente acreditei nisso.

O meu peito demorou a acusar o contrário, mas uma hora eu me dei conta de que alergias inventadas e amores presentes podem perder espaço na nossa vida se o reflexo nos órgãos, sobretudo no coração, não for cem por cento verdadeiro.

O que dói, no fim,
não é só a quebra do relacionamento,
o ruir do nós,
o rompimento que as fibras do meu peito sofrem, a ponto de se desvencilhar do seu.

O que dói mesmo é a perda da perspectiva,
o decreto de morte daquilo que nós havíamos projetado
e nunca vai chegar a existir.

Refazer os planos do zero não era exatamente o que eu queria.
Mas nós dois nos obrigamos.

Nesse processo,
o mais complicado é fazer o meu mundo entender que, às vezes,
nossa sala interna precisa de uma decoração nova.
Mesmo que os móveis ainda sejam os mesmos
e só os troquemos de lugar.

♪ (JAKE BUGG – SLIDE)

Há dias em que a ferida arde mais que um caco de vidro enfiado na sola do pé, já percebeu? Comparação idiota essa, mas eu precisava encontrar uma forma de explicar para você.

Nós temos o costume de jogar a culpa toda na tal pessoa que feriu a gente lá em 2002. Nunca é culpa nossa, nós nunca somos os responsáveis por deixar o próprio peito esquartejado no canto do corpo – ainda batendo, sim, mas sem muita combustão.

Falamos que o motivo é esse porque parece mais fácil. Imprudência pura, meu bem, uma doentia falta de cuidado consigo. A superfície da pele chega a se derramar em pus.

Mas e você? Quantas lágrimas precisou derramar antes de perceber que era melhor permitir que as coisas terminassem? Eu precisei de muitas, se bem me lembro. E, nesse processo, nós não colaboramos um com o outro em nenhum sentido.

E a culpa não era da tal pessoa que passou pela minha vida em 2002.

Nem da que marcou sua vida em 2007.

Elas não têm nenhuma parcela de responsabilidade sobre a ruína que cresceu em nós.

(TIAGO IORC & MILTON NASCIMENTO – MAIS BONITO NÃO HÁ)

Depois que você se foi, eu continuei rezando por ti. Houve noites em que senti medo de que o seu Anjo da Guarda me ouvisse e sussurrasse no seu ouvido que talvez fosse hora de voltar.

Pessoas sempre voltam, não voltam? Ainda que talvez seja só na nossa mente.

Te esquecer foi um processo pelo qual eu não fiz questão de passar. É verdade que eu deixei de pensar em você todos os dias, mas não tive, em nenhum momento, a atitude de tentar te substituir. Há uma parte de mim que pertencia somente a você. Nem mesmo eu tinha acesso.

Para ser sincero, ainda há coisas minhas que pertencem somente a você, de tal modo que não tenho nem ao menos coragem de colocar uma roupa nova sobre elas. Que fique aos trapos para sempre, então, me lembrando de como as coisas foram bonitas pelo tempo que precisavam ser, apesar do que aconteceu.

A dor ainda existe nos dias em que, ao me lembrar de você, acordo ofegante. Ou quando você publica uma foto nas redes sociais e reparo nos seus trejeitos que não mudaram. Você continua sorrindo, o que é bom. Continua viva, talvez até mais viva do que antes, o que também é bom.

Eu continuei rezando porque era o mais eficaz que eu poderia oferecer para o seu bem. As minhas e as suas feridas precisavam disso, ainda que o efeito não seja visível a olho nu. Embora nunca tenha passado por você na rua desde então, ainda te enxergo. E percebo o quanto a vida pode ser generosa, apesar de, por muitas vezes, fazer doer.

E continuo.

Eu tinha certeza de que, quando as coisas terminassem, nós conseguiríamos encarar a morte do amor como bons amigos.

Nós tínhamos disso, você lembra?
No meio do caos, das dores, dos dias difíceis em que não queríamos nem uma migalha de carinho, existia a amizade.

Mas as coisas acabaram diferente quando decidimos nos despedir.
Não que nós não gostemos um do outro,
que haja raiva ou qualquer coisa do tipo.
É só que talvez seja melhor assim.

♪ (JAKE BUGG – A SONG ABOUT LOVE)

No ano passado, criei o costume de ler mais de um livro ao mesmo tempo. A ideia de receber um monte de informações diferentes parecia interessante demais para a minha mente. Uns livros sobre espiritualidade, outros sobre moral e ética, alguns sobre as coisas que eu carrego em mim e faço questão de escrever nestas páginas.

A minha intenção com aquilo tudo era me entender melhor.

Escrevi mais de duzentas páginas diferentes sobre nós dois. Nesse tempo, li outras quatro mil entre os livros de capa vermelha e aqueles com matizes azulados. Aprendi muito coisa com eles.

Alguns amores são como aquelas histórias bonitas que nos fazem enxergar a vida de outro modo: não foram feitas para durar para sempre; o fim está ali, marcado quatro páginas à frente. O polegar e o indicador quase se encostam quando tentamos segurá-las entre os dedos. Não há muito mais que possa acontecer, mas mesmo assim adiamos o final.

Você foi o livro que eu deixei um mês na cabeceira da cama com o marcador no último capítulo, por medo de terminar.

Era lindo. Era incrível. O enredo batia e insistia em reverberar em mim com uma força quase brutal. Me obrigava a nascer de novo diariamente, sabe? Eu não queria que chegasse ao fim.

A mania de postergar o que sei que vai me machucar me acompanha desde a infância. Eu sempre deixei para tomar vacinas nos últimos dias das campanhas de vacinação. Nas provas difíceis, eu me permitia estudar somente um dia antes para não me preocupar com antecedência. Não queria perder noites de sono com o que não faria bem para a minha felicidade.

Com o passar do tempo, essa foi uma das poucas coisas que permaneceram intactas em mim. Veja bem: talvez, só talvez, você tenha sido o amor mais bonito que passou por aqui. Houve afeto, café dividido num domingo à tarde em que nós dois ignoramos o sol do lado de fora para permanecermos trancados dentro de casa, ligações e mais ligações durante a madrugada porque não suportávamos a ideia de não estarmos juntos naquele momento.

Nos fazia bem, não fazia?

Era bom pegar no sono com o som da sua respiração do outro lado da linha, mas já não era mais como no início. Por que acabar com uma história tão bonita que ainda faz o outro amar?

Mantive você aqui enquanto lavava a louça depois de um jantar de sexta-feira. Você me mantinha, também, nos detalhes que fazia questão de continuar compartilhando quando a gente se sentia bem juntos, mas já não existia completude.

O que falta, amor? No que falta amor?

Nos adiei por longas e frias noites, até que me dei conta de que o conforto que algumas sensações trazem não é permanente. Até que houve um dia em que o seu sorriso nunca mais passou pelo meu campo de visão; ao mesmo tempo, eu ainda conseguia fechar os olhos para te enxergar em um pedaço de mim que ficou ali atrás, nas minhas memórias bonitas.

Num sábado à tarde, no inverno, eu tomei vergonha na cara para ler as últimas páginas que berravam piedosamente na minha cabeceira.

Foi doloroso.

Mas existe algo de bonito em amar alguém a ponto de doer.

E deixar-se ir.

Você?

Bom, você era o livro de capa vermelha que eu não queria terminar de ler.

ÚLTIMA NOTA

♪ (TIMBALAND - APOLOGIZE)

Eu confesso que não era para este último texto existir. Mas, ao mesmo tempo em que eu sei que devo dizer algumas verdades para mim mesmo diante do espelho de vez em quando, talvez seja interessante dizer o mesmo a você.

Não existe uma ciência que nos diga até onde o amor alcança - nós dois sabemos disso. No entanto, nossos corações e nossas mentes sempre sabem o limite de cada uma das coisas que vivemos. O amor em si, me parece, não ter fim mesmo. Talvez, nem início ele tenha. Mas, os contextos que o cercam, esses sim, vez ou outra, suplicam por algum tipo de término.

Nossas vidas são cheias de misérias, já percebeu? Entre um acontecimento e outro, voltamos nossos pensamentos para os momentos que não vivemos e as coisas que poderiam ter sido diferentes. Na maioria das vezes é bobagem, mas pode ser de grande valia usarmos isso a nosso favor.

O que eu aprendi com o passar dos anos é que o amor pede para ser gasto em plenitude.

Nunca a parcela que se dá dele é excesso.

Nenhum pedaço que se entregue o faz diminuir.

E eu entendo se você não concordar com isso, eu mesmo precisei colocar uma fé imensa para essa sentença fazer sentido. Hoje, nada diferente disso é o amor para mim, ainda que de vez em quando ele venha a dilacerar meu peito.

Acontece que, apesar das dores, o amor salva vidas.

Em um sorriso na rua, em um abraço em meio a qualquer desentendimento, em uma oração silenciosa que pede pelo bem do outro quando todos os fatos ao nosso redor pedem que tenhamos qualquer sentimento que seja, menos compaixão... Em tudo isso o amor salva. O que nos causa confusão na maioria das vezes é achar que a salvação é para o outro, que recebeu nosso bem. Mentira. A salvação é toda nossa.

Fomos nós quem preferimos colocar coração nos momentos em que os neurônios da cabeça diziam que o melhor era deixar passar.

Assim, eu gostaria de pedir para você colocar o amor como prioridade em cada uma das coisas que fizer na vida. Ainda que haja motivos para chorar, ficar triste, sentir angústia atrás de angústia, cada uma das pragas que nos cercam nos certificam de que o próprio amor ainda respira. Com ele, nós permanecemos vivos também.

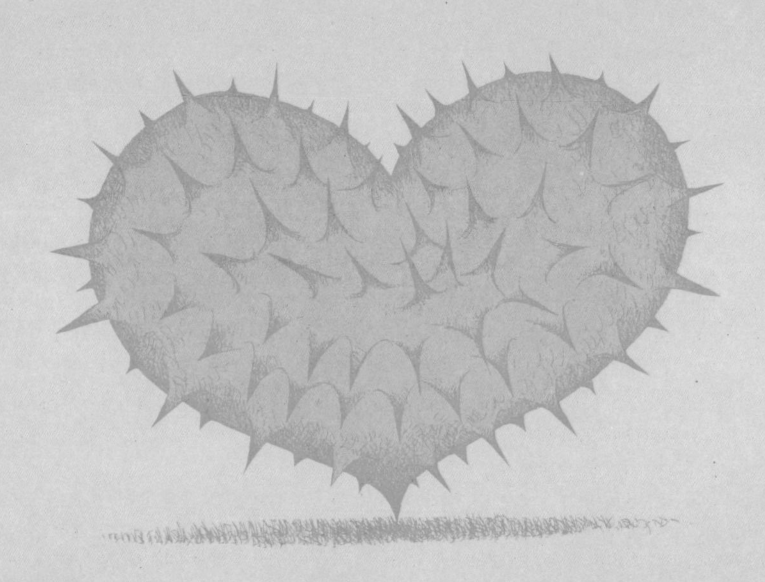

AGRADECIMENTOS

Escrever, para mim, é repartir o coração ao meio e entregar uma das metades para quem lê.

Acaba que cada pessoa desse processo - tanto quem se derrama no papel como quem é tocado pelas palavras - se torna dona para sempre do pedaço que tem em mãos. Por isso, esse livro é um agradecimento a cada um dos milhares de leitores que compartilharam comigo suas dores e alegrias depois de terem lido o *Tudo que acontece aqui dentro.*

Dedico também essas páginas mais uma vez aos meus pais, Cleusa e Celso, e minha irmã, Diana. Em casa, eles são todo o sustento que eu preciso para ter a coragem de me arriscar no mundo. A eles uno meus avós, Beatriz e João Ilário, bem como todas as pessoas que dividem essa família conosco. Entre tantos, cito aqui minha prima Deise, que tanto me aproxima do céu ainda aqui na terra. Sua luta pela vida me deixa ainda mais apaixonado por tudo isso.

À Monika Jordão, que além de uma amiga do coração foi a primeira leitora desta obra, e ao padre Mateus, que me enriquece todos os dias com o seu *trimório* e troca de conhecimentos sobre a nossa (bela) língua portuguesa.

Ao meu diretor espiritual, padre Ezequiel, ao meu Anjo da Guarda e à Virgem Santíssima, por segurarem a barra por mim quando as coisas não vão bem. A eles uno meus agradecimentos aos irmãos que fiz na Comunidade Ars Dei.

Aos amigos que a vida me permitiu amar na Summit Hub, na faculdade e ao longo de toda a minha formação humana. Vocês são os responsáveis por tornar minha mente e meu coração inquietos e por melhorar sempre. Cada sorriso e puxão de orelha de vocês me faz um alguém mais maduro e feliz. Obrigado por isso.

Ao Pedro Almeida e toda equipe da Faro Editorial, por terem apostado em mim mais uma vez e terem feito minha primeira obra ir tão longe. Eu me sinto verdadeiramente em casa na presença de vocês.

Por fim, os mais importantes: ao Deus Eterno e Todo Poderoso, que me sustenta a cada Santa Missa e a cada Confissão; e aos amores que fizeram meu peito sorrir e doer ao longo desses anos de caminhada com as palavras - se não fosse pelo carinho e admiração por vocês que eu mantenho em mim, o mundo seria escuro na frente dos meus olhos.

Contem sempre com meu amor e minhas orações.

(Você que está lendo também pode contar. Te espero de peito aberto para conversar pelo Instagram. Obrigado por abrir teu coração para conhecer o meu).
@juliohermann

ESTA OBRA FOI IMPRESSA PELA
GRÁFICA KUNST EM FEVEREIRO DE 2019